百部红色经典

万木无声待雨来

杨刚 著

北京联合出版公司
Beijing United Publishing Co.,Ltd.

图书在版编目（CIP）数据

万木无声待雨来 / 杨刚著. -- 北京：北京联合出
版公司, 2021.7

（百部红色经典）

ISBN 978-7-5596-5075-7

Ⅰ.①万… Ⅱ.①杨… Ⅲ.①报告文学—作品集—中
国—当代 Ⅳ.①I125

中国版本图书馆CIP数据核字(2021)第030813号

万木无声待雨来

作　　者：杨　刚

出 品 人：赵红仕

责任编辑：李　伟

封面设计：赵银翠

北京联合出版公司出版

（北京市西城区德外大街83号楼9层 100088）

北京新华先锋出版科技有限公司发行

涿州汇美亿浓印刷有限公司印刷　新华书店经销

字数174千字　787毫米×1092毫米　1/16　14印张

2021年7月第1版　2021年7月第1次印刷

ISBN　978-7-5596-5075-7

定价：49.00元

出版前言

　　为庆祝中国共产党成立 100 周年，全面展现中国共产党成立以来中华民族辉煌的发展历程、取得的伟大成就和宝贵经验，集中体现中华民族的文化创造力和生命力，北京联合出版公司策划了"百部红色经典"系列丛书，希望以文学的形式唱响礼赞新中国、奋斗新时代的昂扬旋律。

　　本套丛书收录了近一百年来，描绘我国人民在中国共产党的领导下艰苦奋斗、开拓创新、改革开放的壮美画卷，充分展现我国社会全方位变革、反映社会现实和人民主体地位、弘扬社会主义核心价值观、讴歌中华民族伟大复兴中国梦的 100 部文学经典力作。

　　本套丛书汇集了知侠、梁晓声、老舍、李心田、李广田、王愿坚、马烽、赵树理、孙犁、冯志、杨朔、刘白羽、浩然、李劼人、高云览、邱勋、靳以、韩少功、周梅森、石钟山等近百位具有代表性的中国现当代著名作家。入选作品中，有国民革命时期探索革命道路的《革命的信仰》《中国向何处去》，有描写抗日战争的《铁道游击队》《敌后武工队》《风云初记》《苦菜花》，有描绘解放战争历史画卷的《红嫂》《走向胜利》《新儿女英雄续传》，有展现新中国建设历程的《三里湾》《沸腾的群山》《激情燃烧的岁月》，有寻找和重建民族文化自信的《四面八方》，也有改革开放后反映中国社会现状、探索中国道路的《中国制造》，同时还收录了展现革命英雄人物光辉事迹的《刘胡兰传》《焦裕禄》《雷锋日记》等。

本套丛书讲述了丰富多样的中国故事，塑造了一大批深入人心的中国形象，奏响了昂扬奋进的中国旋律。这些经历了时间检验的文学作品，在艺术表现形式、文学叙述方式和创作技巧等方面都具有开拓性和创造性，作品的质量、品位、风格、内涵等方面都具有很高的水准，都是有筋骨、有道德、有温度的优秀作品，很多作家的作品都曾荣获"五个一工程奖""茅盾文学奖""鲁迅文学奖""国家图书奖"等奖项。

为将该套丛书打造成为集思想性、艺术性、时代性为一体，展现新时代文学艺术发展新风貌的精品图书，北京联合出版公司成立了由出版界、文学艺术界的资深专家和学者组成的编辑委员会。他们从文学作品的历史价值、文学价值、学术价值、现实意义等维度对作品进行了深入细致的研读和筛选，吸收并借鉴了广大读者的意见与建议，对入选作品进行深入细致的分析与综合评定，努力将"百部红色经典"系列丛书打造成为政治性、思想性和艺术性和谐统一的优秀读物，向伟大的中国共产党成立100周年这一光荣的日子献礼！

| 目 录 |

灵魂的对话[1]

灵魂甲

白莲花映遍了湖上，

诗人用嫩手捧一颗红心，

向那微云的青天，

他脸上抖起了莹莹光影；

湖岸边，绿草曳曳他的长裙，

轻笑，诗人的影子相与游移，

又缓缓的移上前去，向天，

抱着精赤的红心，在手里。

银月光撒满了海面上，

诗人的白丝发月下飘扬，

---

[1] 本书收录的作品均为杨刚的代表作。其作品在字词使用和语言表达等方面均具有
鲜明的时代特色。此次出版，根据作者早期版本进行编校，文字尽量保留原貌，编者
基本不做更动。

打着桨儿他引起了高唱，

他的红心挂上了桨旁。

海波中鱼儿咬咬那桨，

鱼嘴里轻轻吹起胡哨，

诗人的白丝发小小颤摇，

有红心还在桨上，幸好。

青山头是缀满了红叶，

诗人的莹眼泪熠熠，

拾起了红叶裹住红心，

在青山头睡一歇。

红叶儿爬上了秋风肩头，

诗人的红心掉在秋风下面，

诗人是活过去了，一百年，

他要睡了，已经太疲倦！

灵魂乙

铁鼓震动了郊原，

端严的大地吼起了咆啸，

赵大拖梭标上了阵，

李四捏起斧头来就跑。

矮个子，盘小腿，

红的肩章黄的帽，

象偷鸡的黄鼠狼，

又象啄谷的乱野蝗，

斩必尽，杀必绝！

不留异种害家乡。

我未曾见到一位诗人，

也没有一个人会睡觉；

那前面又是一大群跑过去了，

年轻的灵活的目珠子，

瞄准敌人象钉上了钉条，

吧一枪，就是一个倒！

瞧那目珠子里的呢，

瞧它那闪闪的直跳！

它喝着敌人的血，

它的杰作又一首完成了！

我不见青山，

只看到机关枪巢，

没有红叶，

红叶都堆起了，做火烧，

弟兄们是冷呀！冷呀！

守那机关枪巢！

望那红叶生出红火，

弟兄们的红血管在吱吱叫，

我有血，听见那血也在跳！

我要替我的兄弟们，

多多寄去几斗红叶！

没有海不为我们的兄弟吼叫！

没有地球不替我们弟兄呐喊！

我从这座山奔向那座山，

从云头跳上了星球，

摇着战斗的红旗子，

只是赶！赶着星云放出火焰，

赶着森林撼出威严，

让黑暗掩蔽我夜袭的弟兄们，

让光明辉耀弟兄们胜利的容颜！

伟大的创造正在那山沟里，

湖汊上，大路的两边，

战壕的层土旁，

透过了，拌饱了血的田！

十一，十六，二七。

（载一九三八年十二月十日《文汇报·世纪风》）

晦 晨
—— 写给被日寇屠杀的战士们

青蛙嗷嗷苦唤着天明，

照路，只有满山的流萤，

个个坟头坐着那些悠久的黑色影子，

因为他们不忍眼看鲜血流在黑夜，装着无情。

呵，痛心的朋友，欢乐的仇人，

那些枪毙者究竟犯了什么罪名？

你们去拖起每个死人来问一问，

有谁说孩子们不该从监牢里救出母亲？

告诉我，孩子，为什么在这黑夜，在这森林里拼命奔驰？

你十四岁的心背着虱子，背着死亡，背着三千年的苦痛命运

奔驰着，当大地失掉了她的"聪明人"们，

当大地上最有心肠的生命

　　在到处把感伤当作食粮，

最衷心的安慰都是感伤，

他们把背囊忘记了，

土地被白色的泪水漂成汪洋。

哦，你背着母亲的孩儿，快些赶你的路吧，

假如你也遭了不幸，愿你安眠！

春潮已经泛上来了，他们筑堤打坝，

自以为能够安排潮水的灾运，

可是，他们看不见那地平线下涌上一层又一层

我们的爱，我们的憎恨，我们战斗的人群。

就算今天我们落在他们掌上，

明天，我们的反攻，要他们小心！

（载一九四〇年八月三十日贵阳《革命日报·冬青》）

我知道你没有死去，哥哥！

我知道你没有死去，哥哥
因为疼痛老在我的心头
它执拗的在我血管里行走
它讲着你的故事絮絮不休。

象一个手指在竖琴上
它来自红褐的天空
永恒的拨动生命的丝弦
那音乐浓厚象虎骨酒，愤怒，欢乐，苦痛。

它唱着北风的震怒
呵，那滴着血泪的呼号
中国人民钢质的灵魂
鞭打着冰寒的冬宵。

它唱着南风来自海上

片片树叶响动着金铃

象春雨在土里暗暗祈祷

象四方的流云都收了平安家信。

它唱着西风在默默的秋夜

呵，中国为她的死者来颂歌

象人心在十字架下不再忧惶

因为荆冠上面开起了花朵。

象东风从冰颗里张开眼睛

看见昏鸦还在满天打旋

它唱起了明天的歌，那歌声

象战士熟悉的誓愿。

呵，哥哥，我知道你没有死去

因为那日夜的音乐说你生存

安知在东方熊熊的火焰里

不有你坚强的呼声？

安知你不是行走在暴徒们的头上

鞭打他们向人民低头？

安知你不在每个自由人的嘴里？

安知你不是一念安慰，一条道路，一个追求？

你倾心于祖国的美丽
面对着自由光辉的金容
坦然交出了你自己和你所有
象天真的三岁儿童。

而后你落了毒手，在酷刑下面
被封住了口！再没有人的声音
和你讲着光明，讲着希望
与你共爱着静夜和天明。

于是每一个日子是一堆黑暗
每一个响动都是锁链的声音
每个面孔都凝聚了卑贱和死亡
呵！谁能想象囚犯们荆棘的心情？

为什么你要死在牢狱里
当大地在伸腰的时辰
当人民正在安排庆祝自己
当暴徒不再能锁链自由神？

为什么你应该死在牢狱里
当成群的汉奸满地飞腾
象苍蝇奔向一条发臭了的鱼
他们红红绿绿又变成了缙绅？

为什么你应该死在牢狱里

当他们造不出你的罪名

当他们造谣的天才也噤住了

说不出害死你的原因？

哥哥，我知道你没有死去

象天空的手指永远挑动竖琴

它弹着生命浓郁的音乐

它根问别人谋害你的原因。

三月十日，纽约。

（载一九四六年《文联》第一卷第七期）

辛苦呵，我的祖国

辛苦呵，我的祖国
每一个清早，每一个黄昏
我看见你鲜血淋淋
我的祖国，呵，我的祖国。

你卖完了儿女，流尽了汗
干僵僵的躺在田里
他们还要来剁你的尸，剥你的皮
我的祖国，呵，我的祖国。

你死了，你又还魂
恶狗们又跳在你的身上
抽你的血管来吮吸
我的祖国，呵，我的祖国。

他们说你是一块肥肉

说你正好在他们掌心里

丢了你他们再去啃什么呢

我的祖国，呵，我的祖国。

黑夜里他们睡在女人肚子上

白天里他们爬在酒席周围

有空他们就红着眼杀人绑票

我的祖国，呵，我的祖国。

你左边是饿死的工人、农民

右边是打死的教授、学生

他们还在拿绳拿链把商人也勒死

我的祖国，呵，我的祖国。

地上到处发枯、发白

天上连鸟儿也不敢下来

他们要把你变成空白，变成大荒

我的祖国，呵，我的祖国。

他要求美国人替他们抢南京

抢到了南京他们嫌太热

又飞上牯岭，你几时才能被他们爱惜呢？

我的祖国，呵，我的祖国。

他们老远过海来讨美棉

你辛辛苦苦养出了棉花

他们却把它塞回你的嘴里

我的祖国，呵，我的祖国。

他们早上向美国人烧香

中午就挨美国人臭骂

夜里就拿美国枪来杀中国人

我的祖国，呵，我的祖国。

他们为了要美国人喜欢

左思右想，说："好吧，民主，选举。"

却埋伏在路上杀死竞选的人

我的祖国，呵，我的祖国。

他们象耗子跪在美国人面前

唧唧发抖说，"嗳呀，我开国民大会。"

别过头他就喊打内仗，东飞西飞

我的祖国，呵，我的祖国。

你全身是伤，到处流血

刚刚挣脱了不平等链子

他们又把你的喉咙撕开，请洋人挖你五脏

我的祖国，呵，我的祖国。

他们要你死，要你死尽灭绝

从地球上消灭你的名字

你有什么对不住他们呢

我的祖国，呵，我的祖国。

他们在禽兽的下面又下面，

畜牲也不吃自己亲娘

没有禽兽肯闻这种妖孽的气味

我的祖国，呵，我的祖国。

祖国呵，我亲生的娘

我们在你周围，你不要担心

他们的枪炮会用完，我们的身子他砍不尽

我的祖国，呵，我的祖国。

我们的身子会变成烈火

追着他们烧，从今年到明年……

在地狱里追着把他们烧得绝种

你放心呵，我的祖国！

七月二十一日雅都。

（载一九四六年九月《文艺复兴》第二卷第二期）

为闻一多李公朴被暗杀

永在的眼泪呵，

流吧，流吧，

为了他们

呵，一代一代，一年一年，一月一月

死者们，

你们的身子结合起来了

一道长城

绕在祖国的周围

在遥远的黑暗的海上

一座透明通红的堡垒

你们火焰的身子。

我不能不哭，呵，

我怎么能够不大声的哭

因为你们不在了

你们臂挽着臂

向那遥远的黑暗的海上去了

守望，

不回来，再也不回来了。

仇人快活得拍手打脚

他们用你们的血大大洗一个澡

象疯狗一样跳着舞着

并且舔着美国人的脚板

闻着他们的裤子

叫着说：

"快活，快活，杀得多！杀得多！"

我知道，他们会死！

天不容他们活，

地不容他们活，

凡有血气的人不容他们

秦政、希特勒、墨索里尼

全是大自然的仇敌

他们全死得多卑贱

象一把烂泥摔进了死水塘

而我们的仇敌

那些没有心肝没有灵魂的空壳

那些腐烂到发臭了的空壳

假如希特勒还活着呵

是要把他们当成烂泥的烂泥

那么用鞋跟磨成灰，化成烟

消灭到空气外面去

因为他们不配跟他的脚底。

可是你们竟死在他们手下！

呵，闻一多

中国的大理石呀

我知道你，

在你的信上

我看见一尊崇高坚贞的大理石像

在你的诗里

我听见大理石像永久喷着沸热的泉水，

哦，他们把中国的泉流堵住了么？

啊，他们腥臭的脓血冲断了我们大理石的泉流。

呵，李公朴

中国的玫瑰花呀，

你生长在中国的到处

就是乡下茅草墙上

也喷着你的香

你的藤子牵满了中国的土地

就是在雪地里花苞也在上长

可是那些腥臭的脓块容不了你

他们压碎了我们的玫瑰花

他们扼死了我们的香味

他们要我们发烂发臭和他们一样。

我的死者们，呵，我的死者们，

你们在正月里死在杭州牢里的，

你们在二月里死在浙江暴动里的，

你们在三月里死在南通，尸体被切碎了的，

你们在四月里死在山西飞机阴谋里的，

你们在五月里死在西安被枪毙了的，

你们在六月里死在昆明，被暗杀了的，

你们在七月里死在美国飞机底下的，

还有，许多，许多，

在每一天，每个早晨，晚上，每个时辰，在全中国的东西南北被害
　　死了的

数不清的，山岭一样堆积起来的我们的死者呵！

难道你们不是我们天空的火焰

张着火的翅膀盘旋在那些作恶的腐尸们的头上？

无论是黄昏和黑夜

你们的翅膀会煽得他们发狂

令他们把自己撞死在巫山峡上。

那时候，到了那时候

我们会手牵手到那遥远的黑暗的海边去

捧着我们的眼泪

跪下来，我们会没有乐器了

但是我们每个人会吹一根芦管

我们就唱

回来吧，我们的大理石，我们的玫瑰，我们的凤凰。

新中国的心长在你们身上

全世界要替你们画像

时候不早了

回来吧，伴我们一起，

回到我们牵满了玫瑰藤子的家乡。

一九四六年七月廿五日纽约

（载一九四六年八月九日美国纽约《美洲华侨日报·新生》）

我站在地球中央

见　证

(《我站在地球中央》代序)

见证　这本册子里的散行不是诗，

见证　它不是哲学，

　　　它更不是散文。

它没有祖先，料它更不会有后人，因为恰好它是四不象。

我心昏乱，我屡次替它判决了死刑的昏乱，总是回头又掀起势子来蒙盖我。有时我知道这势子的来源，不消说：工作是治万病的仙丹；我得干，干，到处找事作，不许我的心我的手闲。容许生活的大建筑留下一丝裂缝，让空想的风钻进去，那座建筑就应该趁早收场了，不如撤掉了重建。我的方妈妈不是给我们讲过故事：红花堤张老爷起屋，少替瓦匠师傅开了一桌酒，屋一起上去，就倒下来；起上去就倒下来，后来挖开墙根一看，墙底下给瓦匠师傅埋了一个"破"。

管生命的瓦匠师傅，你就给我安了这个致命的"破"！

我恨着这"破"，把空想看成仇人，时常在乱抓了一顿工作之后，还各处夹起一本书，别人总是夸奖，说："多用功！"殊不知这本书夹来夹去，也许要在我胳膊底下过两个月。

那些磨损我们的空想，我极少去理会它们。不会有一丝一毫的好处。欲念有一千重，情性有一万种，某一念头刚作上了半路，别一念头又跟着起来，两者相消，刚好回到了一个死的均衡。辩证法对于这理解得最贴切。矛盾是发展的，若新旧相持，进退不得，结果就是罗马帝国的下场。这真理可用于万物，也可用于生命，可远包邃古，自然也能够概含未来，就在小小个人的心理生活上，行为上，全说得通，并且不带勉强。

"置之死地而后生"，这是兵法家的孙子说的一句机械话，又被韩信拿去运用成了功。话虽说来机械，它本身却含了辩证的真理。死的是旧，生的是新；旧者愈临死地，新者愈得怒生；或者本因新者要生，所以弄得旧的不得不死；并且那个新的越临到死境，越勇猛，越用着朝发的鲜活来强干，它知道要死的不是它；在那要死者下坟坑时，有一点无际的光辉来欢迎它这个新生者。而那个旧的呢，也不是傻子，或者说，也不是懦夫：第一，它知道新的是在它自己的骨缝轻爬，要裂出它的骨子来活出自己的生命；第二，假定它把不住自己一定是要死的一个（在最后一息没断时，病着末期肺病的人也不以为自己会死的），它就有力量坚持着，无论如何不肯退兵。

然而生命这东西却是极奇怪。它一面大公无私，一面又专打落水狗。日月所照，霜露所被，哪儿不是生命？又哪儿不是欢欣？只是你要一由生命阵上落下来，或者作完了你能够作的职务，不肯退，还站住那新的位子不让，生命自己的力量就不再来支持你，反而要送你下台。叶子肯由滋润的树上掉下来吗？却是生命不仅让它自己落，而且还在旁边助它一阵秋风。等到它下了地以后，又叫它去腐去烂，不给它一点希望。总之，它非得把那旧的扫干去净不可。这，是生命本身的自私，是宇宙发展的自私。谁有权问宇宙为什么要存在，地球为什么有生命？问出来了又有什么行为可加之于宇宙？大钧百转，宇宙不息，只要它一停息，一站定，宇宙万物怕就要失所而坠入毁灭的永恒吧。谁知它为了什么不肯停下来，入毁灭的永恒里去休息？用人的言语讲，这就是物质的顽梗，生命的自私。

地球，一般的被认为是人类的母亲了，可是在它上面生了的不只人类，所有我们这点摸摸索索得来的知识，连悲多汶[1]的大乐所探出来的东西在内，都不足以包括地球上生命之宏厚。人类用几个简单字眼分划了这生命大群的种类，就以为自己叩启了自然。实实在在，你顺手抓一把空气来，焉知其中能有多少亿万的生物！在地球上许多生物被杀害，许多生物被长育；地球它养出了生物，它又把生物掩埋消灭它的踪迹，把它们熔成土汁化成泥，以肥养它自己，使它自己的养力更雄、更博厚。这儿是强悍的自私，也是宽纵的舍弃。自私，*丝丝缕缕*为了生命的自私；舍弃，*成趸成批*为了生命的舍弃。贴进地球，永不会有单纯的腐烂和死亡，泥土满有青竹的气味。我们关于生命的知识还只能数到地球，然而地球已经应该受祝福了，我们难道不可以沾它的光。

许多创作大匠的肖像，我最喜欢悲多汶（对于这位音乐王国的创立者，我没有说得上半毫半忽的了解，简直是门外到提他的名字都增加自

---

[1] 悲多汶：即贝多芬，德国作曲家。后文也作悲多芬。

己的羞愧）。前年冬天，由一位朋友那里，看见了他的一张卡片像，便放出班门手段——率直——跟他要了来。打那以后，这张像就跟着我各处走，我在那儿停下，它就挂在我的面前。这不是一张人的像，这是生命之愤怒的人格化。它有着生命的坚实、鸷忍，它是满脸浓烟，愤怒如在浓郁的烟底下回旋盘绕，不能散。创作更新的欲望和意志扭成股子勒紧了他的脸，它们烧黑了他的眼睛。而他三十岁时既失了恋人，又同时聋了耳朵，——一个在音乐里听宇宙生命之存在的人，把耳朵聋掉了！

我又喜欢听大风大雨大雷的鸣吼，喜欢迎着对面风走去；黑云倒压在海上，海呼呼哨哨的扑打沙岸时，我变得儿气了，会想到去和海喷云吞雾的大嘴斗顽笑，用赤脚去试试它的劲。我没有意思用这些言语满足自己，反之，这种说法正露尽了一个人的毛病。只是生命的大力，就这么排山倒海，它逼得你不能不为它全神贯注，感觉到那种通入宇宙的力也连在自己心上。生在天上，生在地球，生也在人间。谁无视了生，谁就灭亡；谁排斥了生，无论排斥他自己或是他人的生，他就没有力量逃避死。

想起日本对中国的侵略，把我们百年来的历史静静一算，中国人就没有一个不会愤怒吧，莫解的愤怒。不足奇怪？难道我们是地球抱来的儿子，为什么要受这些可耻可恨的凌虐？我们是它的大儿子，从人类最早起就下田上山，钻林子落海，打下了人间家业的基桩。我们在地球上，无论由那方面来讲，都有个长子的身份；虽以这副身份，却从不曾妨碍或排斥他人的生。可是如今，我们居然就类似了一个抱的儿子，一个不该有家可归的游魂。从梦寐里，在白日的沉梦里，我似乎常常看见了一个游魂，它到处飘荡，它又无路可走。它热热的向着周围，周围却闭住眼不理它，只是拼命的向它挤，扎得铁紧，钻也不让它钻出去。于是一圈墙仿佛就高高的筑起来了。

我想来这个魂是有了毛病的。为什么它会被人关起来，挤得这样紧？它一样在人间有了它的位置，占了一大片地方；执着生，就永不会有死，为什么它会这样飘荡？除了是它自己对生持着了死鱼色的无视以外，还有别的理由可讲吗？

中国人外国人都夸奖这个民族爱和平。"和平，和平"，一只好漂亮的鸽子呵！鸽子也只有在晴风朗日时于浩旷的天空里扑几下翅膀，兜一两个圈子就罢了。天地倘有一点不然，鸽子就得躲进别人替它打成的笼子里去。人间会想出这样的古怪和平，又会发明用鸽子来做它的代表，实在是人类恶性幽默的顶点。想不到我们这堆中国人竟算做了鸽子的祖先！中国人在完全不明白自己的时候，就被古圣先贤和东西大好佬们给我们带上了鸽子的凤头，好不光荣。只是我们那满山遍野的哑巴斑虎，平空给硬装进鸽笼里去咕呀咕的，暴气在嗓子里打转转，是多么受罪！平日一句话不合式就白刀子进、红刀子出的干脆好象不能有了；一堆石头丢错了疆界，便明火执仗来一场大械斗，打到了死尸也不见官，这横干气概也硬给扑杀了；还有，中国小孩子们有名的石头仗全都被人忘记得干干净净。世界上的人都望着中国大人老爷们腆出肚子的峨冠博带而高声赞颂：和平呀，和平中国鸽子！

只一层，你别忙，你先听听他们颂歌里的冷流，的恶笑。

事情还是有奇而不奇的地方。恰恰就在这所鸽子老巢里，长着了老虎，照外国人的说法是狮子。谁能真相信鸽子笼把斑虎关得住呢？于鸽子的弱病中，虎心的刚猛是经常在凶蛮的上长，正如地球以其宽洪的舍弃长发生命顽梗的自私一样，也正是辩证大法雄辩而强横的昭示了它的真理。

这四面遭逼的游荡灵魂，到底以五千年蓄下来的猛力暴吼了，这不是仅仅几万万中国人的吼叫，这是生命，这是地球自己的命令，对于无视生命，排斥生命者所下毁灭的敕告！就为了歌颂这敕告，我写过了《红色的热情》、《沸腾的梦》、《北风》、《星》等等，也写了《我站在地球的中央》。

关于这些篇幅，我在今天也和初写成的时候一样，没有叫它诗，也没有叫它是什么。我这人十分空想，也十分贴实，矛盾到极点；对于提炼两个字，犯了习惯的不耐烦，因此素来避免保存诗思、写诗这些字。对于构成一篇完美诗作的前提：意境的融会，不消说，我的匆慌躁急和它就格格不相投，而在音节词语的交流上，我又嫌其琐碎。对于我所要传达解释的东西，我不能使用精细、空灵和含蓄。我所要作的就是一只号筒，一只挂着红绸子对着太阳高唱的号筒。我只望我能够吹出宇宙的心音，我只望这号筒口上发出来的粗号，能引得地心的精灵点首。别人以生命的动作，原野村庄的演出铺陈他们的锦艳，我则只要吹号，吹出生命遍在的秘密。

但是等到人家问我："你这首诗写的是什么？"我却哑着嘴，脸红了半天。最后为了敷衍面子，我就顺势一笑，说："算是一种政治的讽刺。"其实，我在撒谎，根本我就不知道该算什么。是政治呢？是理想呢？讽刺还是咒骂？实在说不上来，而且我就不配谈讽刺。心是热的，嘴是热的，冲口就怒骂，否则只会哼哼呵呵，再不就合上了嘴，这样人写讽刺不比女兵身上贴奶字号的封条还不象样么？

所以，结果？没结果。

一九三九，十，二十九香港。

我站在地球中央

我站在地球中央！

　　右手抚抱喜马拉雅，

　　左手揽住了长白、兴安岭；

四万万八千万缕活跳的血脉环绕我全身。

无尽的，汪洋的生命，

太平洋永生不断的波纹——

长在我的怀里，泛滥在我胸前！

我站在地球的中央！

在我头上高飘起一柄旗子，

风在那里歇脚，

雨在那里藏息，

太阳在旗子鲜明的红光上，

射上她的金箭，

白箭，

鲜着天上耀人眼睛的晶白箭羽，

那是生命的箭镞，

镶在我的心底！

我站在地球的中央，

有时候宽袍大袖，

有时候奇装异服；

我爱和小孩子打架，

又爱和老人家聊个晌午；

还有，在春天里，

沿那小鱼儿打着漩涡的小溪边上，

我爱坐在绿草滩上，

看鱼儿们咬我的钓竹。

我活了有个四五千岁，

原不算老，

可也不算小；

我想我是活着，

因为在我那睡里梦里，

常听到宇宙的家常叙呱，

常有自然的风雨敲着我的窗，

舐着我的纸，

叮咛我怎样想，怎样活。

早上，我和朝阳携手同爬上东山，

喜爱那涌泉的红光，滚滚不尽，灌满人间和大地，

夜里，我又和群星欢跳破黑暗，

我艳慕宇宙心花的繁星，生生不息，照彻了现今和未来；

我握紧了长虹的尾巴，

守着它在我心头铺开日月，

我又抱住了大山的峰头，

听见它在地心里震震长啸；

仿佛绿叶对我招手，

叫我听它血管里面，

鲜绿的血液在汩汩流；

仿佛小河在轻轻说，

"明白你自己，

　　也要明白我！"

我站在地球的中央，

有一天，

忽然，

我发现了一宗奇迹：

从何时，何地，

涌出了这么多奇怪的小门？

小门结成了一圈，

围在我的周边，

个个都射出恶狠狠的光焰，

射向我！

焰子里有冷森森眼睛的箭，

嘴唇上的箭！

它们为什么要怪我呢？

或是对我有所妒忌？

哦，在它们的门环上，

它们指着，

门环上有字，

这第一个，

哦，原来是"自私"。

一,二,三,四,

七,八,九,十,

这十所门上，

每个都有它自己的名字。

它们团团的围住我，堵住我，

这铁铁紧紧的一道围墙，

不只是封闭了我的去路，

又遮断了我眼界中浩伟的景物，

我闻得小门儿的背后，

有生人在油锅里煎煮的焦臭！

"喂，喂，自私先生，请开门！"

"无故打搅的是谁呀，你？"

"我，我是华族五千年的灵魂！"

"哈！哈！哈！"糟！里面在冷笑。

这笑声象把刀子，

又象算筹上的铁签，

它刺得我周身发震，

看，那门洞里，是黑瘦枯干的一长条！

他不象属于这世界上，他太老，

尽管，

峰耸在他头上，礼帽是又亮又高；

他的领子雪白冰硬，

燕尾服，尾巴齐整的摇。

他是老，他可不服老，

一只手摇起了铁算盘，

那一只抓紧了记账的白皮书，

他牺牲一切，永不留难，

只是，除了他自己。

这不用问，

只消看他的下巴那份长，

鼻子尖上又挂了小带钩；

他的眼光黯到发黑，

象死水一样的灌着我，

由头流到脚。

"啊，自私先生！

请你，请你挪开你这一堵门。

这不为了我，是为你自己：

看，自私的冷血虫穿透了你的心，

铢末的计算蚀枯了你的性灵，

你浑身是憔悴，满嘴是枯焦，

生命的蜜汁把你忘记了；

账簿重重叠叠压碎了你，

它为你生产腐烂和脓臭。

我来，我带给你地球的气息。

地球有了一切，它也舍弃了一切，

舍弃一切于生命！

令生命拥有地球，

这是人类活着的消息。

我有广土，我有宫室，

我站在地球的中心，

我将我的手，我的十个指头，伸张，

向着地球和宇宙，四方八面；

走来的都是兄弟，向我的都是地球的红血球！

生命在我，在你，在他，

在全灵魂中间飘流，

我与你原为一体。

挪开了你这一扇门吧，

也撤开你逼人的围墙，

你用不着鼻上那个小尖钩，

自私的钩子是带了三尺白帽的无常！"

"什么话！我不懂。"

吧的，他就把门关上。

他在里面高声嚷呢：

"生命，生命，

多少废话，废话！

我有一千二百万本账簿，

没有一个数字能马虎，

我有盖满地球的殖民地，

每块地都揣在我怀里；

你说什么地为一家，人为一起，

你想的是轰散我的殖民地，

扯碎我的账簿？

要知道，有我的利益，

我宁愿磕头碰地，

没我的利益，

我把它牺牲到底！

我有我的金库银库殖民部，

管了你什么中华民族？

我就知我是你的债主，

你是我的债奴！

大火烧尽了王家庄，

不烧到我眉头来，我还要添它一把柴。

是好的都拿来，

空废话收起去，

现实主义为的原是我，

不是为了你！"

第二扇门，那门上的两个字——

是炸弹和血的嵌饰——残暴！

"喂，喂，残暴先生，请开门！"

"什么？你是谁？"

"我，我是华族五千年的灵魂！"

我的声音还未定，

那扇门呛啷开了，由那里，

抢出来一位，红肩章，短腿，

是兽脸的将军！

他的胡子翘起很高，

那身材可实在是藐小；

俨然，他想扑在我的身上，

又出肥爪要攫我的咽喉，

只是可怜他的藐小啊，

他还到不了我的肩头！

他拳足、牙齿、脑袋，

一齐骚动，

向我到处进攻。

我捉住了他的拳脚，

又抵住了那乱撞的脑袋，

我说：

"残暴呀，你该把你这扇步步逼紧的门儿挪开！

你有炸弹，炸弹填不起你的伟大，

你有牙齿，牙齿咬不断人类的咽喉，

你睁开你那血腥的眼，看！

这由东至西，

从南到北，

头枕上昆仑山顶，

脚垂下太平洋海滨，

黑震震的人群！

这生命的大群！

你看他们锐如锋刃的牙齿

象弥天的白雪；

你看他们坚如铁锤的拳头，

高举，如遍山的剑林！

他们圆睁起如熊熊的眼，

在等候着谁？你想？

我命你——！

撤掉你逼人的围墙，

毁去你的门，

也凿掉你的残暴！

归来吧——

归来在地球的怀里，

因为它爱着生命。

我已经活了五千年，

又预备了另一个五千年和你周旋！

想着生，向地球发出音信，

追求死，毁灭会由你指缝里，

爆发于你的顶门！"

他突然扬出了他的指挥刀：

"马鹿，马鹿，

放屁！放屁！

什么五千年？

什么生命！

我脆弱的心脏，

要煤与铁来补养，

我藐小的身躯，

渴望那广大的土地，

我的钱袋是一天天的消瘦，

红字债塞满了财政家的头颅。

地主和银行家全锁上了他们的库房，

他们叫我快快出来打枪。

我耍着刀儿在这地球上，

血冲了我的眼，

毒漫了我的胸膛！

我嗜爱毁灭，

恋着占领，

象失掉了爱人的空虚心房！

我没有生命，

如果大炮不在耳底高鸣！

没有血球，

若不见炸弹在脚底狂吼！

我喜爱刺刀和枪炮，

我还有硫磺微菌芥气和焰硝，

我从婴儿一直砍到孤老，

从孤老又剁回小孩提，

这是我的征服主义！"

这第三座门前

是"贪虐"两个字，

贪虐，从贪虐我能得到什么呢？

听，里面是豺狼相似的嚎声。

"喂，喂，我是华族五千年的灵魂。"

我面前这个人，

圆头肥脸，又黑又大，

他装出我农人的样子，

他的阴恶在那浓黑眉毛里，

布出了豺狼的面目。

"贪虐，贪虐，"

请听我说：

"撤去你的门，

毁了你的墙，

你会抢，你会杀，

门和墙到底保不了你的贼赃。

黑脸的非洲人，有一天，

他们会含血喷在你的墙上，

你的脸上，别看那是一张肥脸，

治不了你灵魂的窘蹙。

我是地球的儿子，

我带给你它的信息。

它不爱门，不爱墙，

它是一个整体，

大家都是它的儿女。

一个儿女它有一份心，

一个儿女它有一份粮，

你不少，人不多，

你不该要肥，人也不要瘦。"

肥头在那里发恶了，

他说他恶心，要吐，

他非得勒紧他人的肚皮，

扩大自己的头颅。

"为什么别人有我没有？

为什么张三比我胖，

李四比我壮？

我眼红着地中海上的灿花花，

遥望着大非洲上的白茫茫，

我可是不能到手，

不能到手啊，

我就得带着宝剑去四方抢。

勒紧了我手下人的腰带，

我赶着他们去巡哨打探，

我从东非掳到北非洲，

从黑海直抢到了大西洋，

我要肥，我要胖，

这是我的法西斯主张！"

我又走到第四扇门前，

我面前立的是强横，

他知道我，

　　他说我是华族五千年的灵魂。

他带着那鼻下的一撮小胡子，

向我笑，手里却抓着拳头，

象是在打量——

　　能不能给我来一手。

他把头伸在我面前，

眼钉住了我的眼，

做出不讲理的催眠样式。

我稍稍退了一步，

那催眠的眼光，

那僵尸伯爵 Dracula 的眼光，

想到了要劫掠我？

"强横先生，撤去你欺人的眼光，

毁掉你的墙，你的门，

请回转你的眼吧，

去看看你身后那绞架上的人群！

你看他长长伸出的惨白舌尖，

那渴求着滴水滋润；

请看那只剩了一个大脑袋的婴儿，

他的身体都被你吸去了，

还留下一条精细无力的脖子，

在那里晃晃悠悠；

你看你那酒吧间的女孩子们，

涂着血红的枯焦的嘴唇，

软下悲苦的嗓音，

向异乡客人们乞命，

只求能把她们带向国外，

逃出你可怕的本土，

强横的凌逼；

他们不要饥饿，

不要扩张，

不要千千万万的工厂，工人，

　只造着刺刀，炸弹和枪炮，

　不造图书馆，衣服和食粮。

他们不要朝朝暮暮坐在战争的烟火上，

不喜欢时时的恐怖惊惶。

你给了自己一切的光荣与权威，

给别人却是全份的威胁，饥寒和焦虑。

你违背了地球的信条，

走出了生命的轨道。

强横，强横，

撤去你的门，

生命在你的门下哭泣了，

地球在滴着滚荡的泪珠，

不要想你可以毁灭生命，

永生的生命有万年储蓄

好消耗你疯暴的强横！"

强横的胡子横竖，

把门当的一声，

关上还加了一道铁栅！

"滚你的吧，你宽袍大袖的华族灵魂，

将你的无能，

用漂亮话打扮，

想你可以仗了嘴，

保持你在地球的中间？

我喜爱饥饿，

半饥半饱的人民，

是我最驯顺的犬奴；

我喜爱战争，

我爱闻烟火，

烟火里焦焦臭臭的碎骨零尸不是我，

我踏过这山岳般的碎尸堆

好立在人间的峰头！

　我是英雄，

　我是救主，

　我是地祖，

　我是人王，

我强横要越过世界

践踏生命

众人的死亡，崩颓，

才是一人的大利！

这是我的国社主义！"

唉，唉，这一排：无情的门，

这一排：无生命的门，

它们中了什么迷了？

这是第五扇门，

　它会有什么对我讲呢？

它是懦弱，

它能对生命有什么威胁呢？

"喂，喂，请开开门吧。"

"谁呀，这里恐怕不能招待呀。"

"我是华族五千年的灵魂，

我不要你的招待，

只愿有你的好心。"

这年头，谁也作不了主。

地球的藩篱不是我造的，

有那头比我大，

肩膀又比我硬的人呢，

我那里负得了责任？

我的金库又不壮，

炮火又不旺，

谁我也制服不了哇。

杀人放火，

你抢我夺，

这个世界呵，

我只有暂且顺着过，

究竟于我也还无害呢，

跟着利害人走，

就吃亏也吃不了多，

实在过不去了，

只好再说。"

我看出他那半苦半笑，

在别人袖子底下做人的苦恼。

虽知眼前就是虚伪，

我仍然走去扣那第六扇门，

"喂，喂，请开门呀，开门。"

"谁呀，有什么贵干呀？"

"来拜访您，虚伪先生，

我是华族五千年的灵魂。"

"哦，哦，哦，"很快，

门就开了，同时，

"您有什么买卖照顾？"

我主人是一身刀切笔挺的西服，

肚子大如山，

胡根青立立，

秃顶上，光荡荡，

眼睛是眯细到没有丝隙。

我不懂该怎样和他说话了，

见了他，我心里只是盘算，

心意似可以对他一口泻尽，

但是，又象有山嶂隔在中间，

连开口也是枉然。

我的样子该有多么蹙蹙！

"哦，您有什么要我帮忙？

我能替您作什么？

送上几担麦子棉花？

或者若干万元的老玉米？

再不，就子弹，大炮，钢条和飞机？

您知道我们这里有的是，

我极愿意为您救急。

把您的金子银子尽管送来，

我有着那杀人生人的东西送把您。"

主人的言语使我胆大，

我是地球的儿子，

我有土那么多质诚爽直。

我拉着虚伪的手，

摇，摇，摇，痛快的摇，

我说："正是有话问您，

我不解为什么筑起这多怪异的门，

为什么打成这样坚牢的围墙。

残暴跳扑在我的身上，

自私在暗里捣我以鸟枪，

强横，贪虐，懦弱，

全在那门儿背后，

使心用力量。

这些人都有些狂了，

地球完全变了样，

地球母亲在流泪了，

被她的儿子们撕裂得七零八碎，

生命被抛弃了，

不要活，不要幸福，

不要快乐；

大家磨穿了心眼，

奔断了手脚，

举着金的，银的，纸的，钢的，铜的，铁的，

争着杀人，放火，磨死女人，斩碎婴儿，

争着刀枪棍棒往地心里挤，

挤碰在一起，

努力来一阵血焰弥天的大活祭！

虚伪先生，我正是有话问您。

请您开个头吧，

撤开这扇门，

毁了这堵墙，

地球不能容忍它了，

地球要的是生命，生命！

人人都能活，

人人都欢喜，

工作，快乐，生命，

地球要人类融合在一起！"

虚伪先生扬着脸儿笑了，

他摸着青瘰瘰的下巴，说：

"是呀，您的话有理，

只是，——我犯不着打那个急先锋，

大活祭原不会烧到我的头上，

我极同情您，

我可是不能为您帮忙。

人各有事，在这时我的本分是出卖枪炮和明钢，

无故卷下漩涡，——

您想我该那么傻吧？

别人在分门别户制造死亡和残废，

那正是我的一笔好买卖，

我本心是很想帮忙您，

只是我顾着将本求利。"

说完他是畅心的笑了，

但又不好意思，

拉着我的手，十分说：

"我同情您，相信我，

我真同情您！"

我站在地球的中心

举目四望，

一堵堵的门，

一座座的围墙，

围封得铁紧，

是纹风不透的一座黑压坟墓；

从那里，冷默森森，

只有生人在油锅里受煎炒的气息！

天啊，天，

为什么有生人在宇宙上？

母亲啊，母亲，

为什么你一胎养出这样奇怪的儿女？

仁爱呢？仁爱！

仁爱怎么不来解救，

这腥膻的虐毒死寂？

啊，那第七扇的门儿开了，

那里出来了一位黑衣长者，

他的步子多么轻，多么安详！

他垂头扫地的黑纱，

　　　几乎是纹风不动。

他走来了，

　　　向我缓缓的移过来了，

他伸出瘦削的白手向着我，

　　　他的胸前是受了伤的——

"仁爱！"

他按手在我的头上，

我屈膝跪下了，

吻着他垂下来的带子，

那带上还垂下了一个小十字。

他发声了，

他的声音似幽墓前的鬼哭：

"我的儿，我在地球中心的婴儿，

不要呼喊仁爱，

不要求助于这无手无脚的老人。

我不能为你挪开门，

我也不能为你捣碎围墙。

仁爱的门，仁爱的围墙，

已经给自私，强横，懦弱，虚伪，贪虐，残暴，

用铁链连锁上了，

它和它们已连成了一片！

我不能让你走进仁爱，

残暴正愿意你落在仁爱的襁褓里，

给他当了活埋。

这世界上不再有仁爱了！

地球已经遗失了它的仁爱，

而我不过是仁爱的尸身！

你若是不信，

我可以引你别处去看，

我可以叫来正义，理想和自由，

它们和我受的是同一的罪苦，

我们与生命同在锁链锤拷底下，

我们受的是同样拘囚。"

"正义呀，正义！

尊贵严正的正义，"

看见那位顶着严冠，

穿着法衣，

秉着尺度，

庄步走来的老人，

我伸出了求助的手，

"对于这可怕地碎裂了的人间，

你有没有什么力量呢？

对于黑心肠的自私，

说一句话吧，正义，你！

你看自私的算珠账簿，

你看残暴的炸弹枪刺，

你看懦弱的瑟缩无耻，

你看虚伪的冷心热面，

大家拼命生产痛苦和死亡，

正义呀，世上有欺骗就不会有正义，

有压榨，有死亡，

就不会剩下了你。

你容许毁逼生命的围墙存在，

你容许围墙压迫我，

　生命最后的中柱，

不想想，生命毁灭了，

　哪里还有正义呢？"

"生命，啊，生命！

正义的生命掌握在强横的手里，

叫我哪里去闻到生命的气息？

我的孩子，

我的生命的追觅者，

正义现在是一个无助的老人，

没有了守卫正义的勇士！

我的门，我的墙，

只看贪虐，强横，残暴，自私，

是他们给我打筑起来了，

是他们把我囚在里面；

他们用得着我，

就撤开我的门，

令我来到世上，

不用我，就把我的门，我的墙，

用铜汁灌浇，铸牢；

我成天枯坐在一条冷板凳上，

擎着我的尺，

我敲不下去，

没有任何毁灭的罪恶——

　　肯受我的裁制；

我若是胡子一翘，

　　眼睛一动，

表示些儿愤怒，

自私立刻就对我翻白眼，

骂我不识时务，

我稍稍伸伸脖子，

　　吐吐气，

强横就把重炮口对准了我，

　　——叫我快快安息。

他们叫我不要不知趣，

毁掉我，再造一个正义，

于他们有何丝毫出奇？

唉，毁掉了正义吧，

灭除了我吧，

我不愿被挂在大强盗的嘴上，

常常替他们帮腔，

失了保卫的正义，

失了统治力的正义，

在地球上，原不过是一种——耻辱！"

我愤激的眼泪还没擦干，

一抬头，眼前又是一位苦主，

一位粉色的，只是——

项下挂着锁链的女郎，

见着她月弯的眉，

看到她的枯瘦，

我知道了，她是理想。

我拱着双手——

远远站在她的面前：

"女神啊，理想，生命的泉源！

你有什么话说呢，

你有什么痛苦请泻出来吧，

请象那在乱岩巉壁中挣命的泉水

痛泻出来吧，

生命的中柱——

华族五千年不死的灵魂听着你，

理想，因为你永远是他的归宿。"

女郎伸出了，柔和的手指，——

可是她的手绕在铁链里面，

再伸也伸不出，——

"生命的儿郎，啊！

永不要再说我是你的归宿，

我不须和你说什么，

也没有什么可诉。

看，我这项下的链子，

看，我这手上的伤痕——

（那是链子勒破了的血槽）——

我还要用嘴来表明一切么？

仁爱和正义不已经诉出了一切？

看我的枯瘦，憔悴，

看我这失了营养的面孔。

我不再能高飘在阿波罗神宫的尖顶，

我不再能仰卧上白玉的天坛。

我久已窜在荆棘丛里，

挂满了周身的血伤，

我从荆棘丛奔向石岩，

从石岩又跃过险滩急湍，

冲过奔流，

跳过削壁，

我又磨透了千里无人的沙窝，

我不愿意死，

更不愿被囚，

但是，我的结果是什么呢？

我没有护卫的勇士，

没有养我的食粮，

这个世界在为了欺骗、屠杀、掠夺而疯暴，

理想钻出了金圆只逢着金镑，

钻出金镑又碰着刀枪，

炸弹，火焰，人的血肉，

狡诈，搜刮，残虐，磨难，

一堆堆的破尸烂体，

一缕缕的贪心狠毒，

连空气都腐烂透了，

哪里容得来——

我空洞柔弱的理想？

——现在你看见了，

我为我不死的争斗受了拘囚，

受了饥饿，

他们想，最好是饿死了我。

我，我却笑着他们的无谋，

我不能为你开门，

自然，你知我不能够，

可是我也不会死，

我有的是火焰红光，

　　囚在这里，我的红光——

会有一天在全世界上烧透。"

别过了理想的红影，

我走到了最后一座门前，

那里也早有一位女郎等着我，

她是雪白如霜，

背上还有两只翅膀，

只是已经不再能飞了，

白翅膀上缠绕了黑纱。

她的颈上还有一架重轭，

牛头上常常所看见的。

她站在门口招手叫我，

她说："奇怪么？孩子，

可奇怪我是自由？

可有自由捆上黑纱？

带上重轭？

象我这个模样？

其实，不要乱想。

不能带轭的自由，

永远不是自由！

不要见了我觉得丧胆，

不要想，自由已经完全绝望。

自由没有了它的勇士，

自由没有了它的卫星。

她只好掉在强横、残暴、自私、懦弱的重轭底下，

但是自由永远有力量，

永远受得了捆缚，负得了大轭！

失了自由的世界辛苦了，

人类在冰硬，死寂，威胁苦难中，

生命失掉了它的翅膀，

而落下了泥汤！

但是自由还没有死，

只要她发现了她的勇士，

生命的战斗者，

马上她就会插上宝剑带上刀，

走向生命的战场！

自然，

我不能替你毁掉这扇门，这片墙，

它们都连锁在自私的脚跟上，

这要你，生命的斗者——

自己前去破开。

起来吧，勇士，斗者，生命最后的堡垒，

地球在你的脚下，

虹霓在你的高空，

大山在你手下咆哮，

海洋在你腋边狂吼，

它们都是生命的大智大圣者，

这都是生命的启迪之神！

不要眼睁睁瞅着这些门，这些墙，

你身后，你眼前，你周围，你上下，

你看这漫漫苍苍，压压挤挤浩伟的人群，

这层层涌涌的人头，

多于海上的浪峰；

这澎澎湃湃人群的巨块，

雄于喜马拉雅盘旋的山岭！

你看他们要山，要海，要火，要云，要创造，要宇宙的大自由！

领着这一切冲上前去吧，

谁站在生命的旗子底下，

谁就是大自然大宇宙的宠儿！"

我站在地球的中央，

竖起了战斗的大纛！

我的旗子有鲜明的红光，

有青天的荣耀！

有白羽金箭的美，

我的旗子出自地球孕育永恒的娘胎，

它流着生命的血液，

那是五千年不死的血，

为了这一柄血的旗帜，我预备另一个五千年！

我将一千年对抗残暴，

一千年对着贪虐和强横，

再一千年我要征服懦弱和虚伪，

还有二千年我将看自私的死活！

请不要笑！这不可笑，

也不是笑的时候！

我中华才是个奇怪的种族！

说我死，我在生，

疑我老了，我方刚年少；

我方正，我又机敏，

我狡诈，我可是杀生取义，守死成仁！

你笑我嘻嘻哈哈，一盘散沙，

我有我中华心肝，

千年煮不熟，万年捶不烂！

空间是我，

时间是我，

我站在生命最后的防线上，

奉着了地球新生的使命！

一九三九，四，二十。

沸腾的梦（选录）

五月——民族斗争的顶点

不可以把我们庄严的斗争视为舞台上一番演奏，果然那样，未免就太以客人自居，以为我们的责任只在于举起一架望远镜了。

而我们又不仅仅是演员，理由也是明白的。

我们是剧中人自己，我们不用有意的安排，不要制造和堆砌起来的感情，我们的神经与纤维动作完全为心的潮涌和血的澎湃所挥送，正如一班伟大的管弦乐队对着他们神妙亲切的指挥者面前。

我们在创作民族神伟的史诗！

跑山的人翻不过山峰，就不用梦想山上那天风泠泠，云霭苍茫的浩渺经验了；演剧的人也只有在剧作顶点时贯注他的全生命，才可以尝到剧情的深辟奇特。至于用生命去开创新世界的人们，他们的遭遇是不可知的黑暗，触手就是混乱牵连的莽藤纠葛，闯出这黑暗的莽棘林子，前面又是虎狼鲛鳄的薮泽，困难与纠缠将在这薮泽的周围捆缚他，可怕的陷阱在这儿等他屈膝。在当前失了道路的迷难中，唯一可以证明他自己存在的东西，就在于他断然向这般榛莽狼蛇挥剑的勇气！寒光由锋口耀出来时，以后就是急转直下的前程了。

让生命过五月的日子，应该是生命最丰美的机缘。在我们民族的斗争史上，五月是一个顶点。那些以自己的作为，以为炮火所轰碎了的骨肉和他们自己的血滴血水培养了五月的人，对于我们都是神明。他们把五月变得象怀孕了五个孩子的胎腹一样，成了生命之神的象征，成了创造与胜利的指牌。自从有了五月的生活以后，中华民族就不困顿在泥淖里面了。一把被五月的光明点着了的火炬一直是燃烧着，一直是在莽野里面放火，所到之处都是毁坏，都是开辟，但同时也都是新的创造。在没有五月以前，没有人想得到中华儿童也会有一颗如点得着的心，没有人能梦想会在中国国旗里面寻得出一滴中国人的血液，听得出一句用方块字儿唱出来的歌声。没有五月，中国只有呻吟；没有五月，中国只有惨白的面容和呆木的眼光。可是，到有了五月的今日呢，我们不但唱出了"把我们的血肉，筑成我们新的长城"，且将自己的筋骨铸成了我们的重炮和坦克车，在一切敌人面前雄吼。

有了五月的我们真是何其光荣与幸福啊！

一九三八年五月五日

没有哭泣的余裕

女人们从怀胎到生孩子，中间尽有的是哼唧、叹气、眼泪，甚至于号叫。有些喜欢诛心的人们不爱相信这些是女人的痛苦，偏要说她们的动力都是出之于喜乐。究竟是喜乐还是苦痛，恐怕除了女人自己以外，惟有天知。

不过有一桩事女人瞒不过世界：她不能不承认这些哼叹眼泪，就算是由于肉体上的不堪，究竟还是占领了她那富余的时间和空间。一些以生孩子为业的女人们，往往准备支付她每一天的二十四小时，去做那种咿咿啊啊、半苦半恼的表现，就在候产室里的那几个小时，她也是有精神有光阴去喊爷叫妈的。

可是，等到上了产床，在那生命显现之前的一分钟，一秒钟，不，一刹那，她没有了哭泣的余裕！

一切的创造者们在这庄严事象之前，只会聚积全个宇宙的紧张在自己的生命里面，于死亡线上抓破死的黑网，耀出永生的光辉！

我们已经支付过我们的哭泣烦恼了。我们头上蒙盖着耻辱的黑巾，被仇人捆缚着抛在烈阳之下炙烤了二十多年；我们一个一个的，从婴儿到白发老人，被敌人用绳子齐脖子扎紧，多少孩子大人们就这么生生的给勒死了！为了这些，我们已经偿付了成河的眼泪。现在，我们把哭泣象垃圾一样从我们的生活表现中抛弃，流不断的眼泪也早已被我们剪断了，因为我们现在正是一个产床上的女人，在我们伟大而永恒的刹那里面！

仇人更紧更急的勒我们的脖子，他们更忙更迫的在我们原野到处放火杀人。他们象饿狼一样，在死人堆里还在尖出鼻子嗅着血腥，把馋涎长长垂下，并不想掩饰自己的残恶无耻。失了光辉的可怜的车辆，为了它所载的赃物盗财——我们数千年文化的结晶——而黯淡无色。（真的，他们偷去他人的宝贝以形容自己的委琐贫乏，为什么呢？难道自己东睃西窥的猴儿智慧还不够表扬他们的浮薄庸怯？）他们象二十世纪里面的半兽原人，见了女人就瞪直了血腥腥的红眼，——对于他们方以此自夸自赞，以为是最能毁灭妇女的武士、英雄。于这些，我们忘记了哭泣，我们是太忙了。现在我们的产床就是战场，除了在这个悲壮的产床上显出忘我的奇劲之外，我们方在急急赶着打绳子，我们的池塘水沟或者还不够深，不够大。绳子少了不够他们上吊的用处，对于那些也知道思念他们的女人孩子而急于要回家去托梦显灵的人，我们是未免太缺少同情了，并且池塘水沟也得叫睡在它们怀里的异邦人觉得松动一些。假若可以把眼泪积聚起来的话，我们愿把它晒成干饼，制成炸弹，可是让它流下来的富裕，只有让仇人们多多享受去。

一块巨大沉重的宁静坚决，在每个我们的心里熔铸完成了——在这以前，我们是摇摇晃晃，忧忧葸葸的过日子，象眼泪一样的悠闲流漾，无所把握；在这以后，我们就只有结结实实，急急忙忙的干，和生孩子似的一阵赶一阵，一气接一气，将死亡与毁灭永远驱出东亚大陆！使生命在我们广大的原野上建立起来，是太阳也要对我们鞠躬致敬的。

红色的热情

我常常喜欢在树荫里面行走，一领温清的帐篷遮覆在我头上，它的触觉很象未嫁姑娘的手指尖，它远远好意的看住我，它又如近近的围拢在我周遭，可是却不会靠紧在我的肩旁。我慢慢伸出舌尖，仿佛有一缕柔淡爽澈的橄榄味儿，轻轻由那多方探寻的舌尖上掠了过去，我似乎瞥见鲜嫩的绿色的影子。我爱绿色，我也喜欢那青青的，追逐生命的热情。

但是愤怒，那鲜红的生命的吼叫，使我在爱里加了许多的敬畏，我看着那是伟大事象的预兆，是庄严启示的象征。

有一个时期，做小孩子的我，极喜欢在狂雨的时候脱了鞋袜，穿上极少的衣服，不顾老师们的吆喝，集到花园里面去。我仰面去承受那暴怒的雨脚在我脸上纵跳，我强力睁开眼睛去追踪那赤色如练蛇一样的电鞭。于是我自己也惊喜的赤脚在雨里大跳大踢。蓦的，一声巨响震在我耳鼓上了！它镇压住了我忘情的双脚。它将我高昂的头打击得垂了下来，藏在两只无能的臂弯里。我缓缓抬起头来，向着天。这莫名的震雷似乎拉开了我眼前的一挂帐幕，仿佛一个鲜明的宇宙已经燃烧起来，将要在三月的世界里演奏生命兴奋的奇迹。

风，狂怒着鞭打沙石，扫荡林木的北平风，是怎样灵魂飞越、壮迹，谁曾经留心过？你躺在枕上，你听，你在黑暗里看，你简直可以伸手去摸，你不要留意窗纸的哽咽和落叶的凄叫。有些诗人们为它们流泪，你大概是不会的。风在浩空中呼：呜——呼！呜——杀，杀，杀！在北平，悲咽恨抑，亡国大夫的深夜里，它给过你多少的兴奋和督促！？在芦沟桥冲锋的角声被它带来了之后，它鞭起了你若干疲乏的神经？并且，永不能忘记的是它一阵一阵满嘴含来，喷在北平那黄色琉璃瓦、绿色琉璃瓦、崇高的白塔、白玉的天坛上面的沙尘，它极匀极周的将这些，将北平的一切都遮盖在睡眠里，要使北平神洁的美，渡过要来的暂时的污辱。

悲多汶，你吞了多少创造的火把，在你心里却会如花如焰，从你眼神里这样奢靡的放射呢？是怒海的吼啸激动了你，还是如山的爆裂在你心头震撼？你是听见了婴儿被炸弹轰碎的爆炸？抑或是宇宙喊了"要活！要活！要活！"的呼声？悲多汶，你摸摸你的筋，它们挺得有多硬！你咬咬你的牙，试试你有多少牙为这个要摧灭人类的魔鬼粉碎！把你的键子敲得再响一些！你的愤怒！否则就吞灭这吃人的猛兽罢。

黑云幂覆了的晚上，天地泯灭了自己的界限，一团坚实的黑暗把你嵌在乌漆中间，你觉得凝固了的黑暗从你手指上一滴，一滴，掉下来，你看不出它在哪里，可是你听见了黑暗掉在地下的声音，你以为你原是生来就没有眼睛的动物，而你却有无数的耳朵长遍了你的全身。你的耳朵鼓励一切有形无形的声音对你侵袭，而你却没有眼去分别那是什么，你更不能伸出手脚去有所举动。一条不可见的索子扎住了你，黑暗成块的塞进了你的咽喉，堵住了你的肺管。你的心狂跳，你的神经纤维震动着渴求爆发，可是你的舌叶，你周身被魔鬼的黑暗钳子夹住了，莫想动弹。你怎样办呢，我的朋友？

忽然，是一柄鲜红的快刀在你脸上拉开了道天窗，你看见了一团哔哔烈烈愤狂燃烧的赤焰。它追着，抢着，冲锋似的追赶和消灭那紧绕在它周围的庞大的黑暗。它鲜明，它勇猛，它毫不踌躇而坚决。和它本身所有的颜色一样。它有如诗人重怒的眉头下面射出来的疾电，它是那样的断然而不留情，它施为着伟大的毁灭，同时又呼吸着永恒的新生。

为壮伟的红色的热情——愤怒——所掀动了的巨人，我是你的崇拜者！

一九三八年五月十六夜

沸腾的梦

我欲有所歌，有所鸣颂，但是我一开口，在声音没有走出喉腔以前，眼睛已经被泪水灌满了。我在泪水中凝视，似乎见着了许多许多的异象。我将怎样说明我所见的那一些辉煌事物呢？我或者应该名之为梦，或者竟如那乩盘沙上，被莫名的魔力所中的乩头，写下我茫然而确切的真实。

我听见了一个婴儿的哭声，那声音异常温柔而坚决，它单调的叫，叫，叫。没有高低，没有抑昂，没有起伏。它只表现了一个单一的要求。这要求赤裸裸连绵不断的在我耳轮周围盘旋环绕，它永不会软化低弱下去，变成为乞求的哀声。我注意的听，受感动的听，焦躁的听，乃至于我听得烦恼，听得全身发热，心房诘问似的颤跳，我的肌肉似乎在我的骨上啮嚼，使我狂跳不安。我听见的究竟是什么呢？它是从哪里来，又将向哪里去。它对于这浩然渺然无穷的宇宙施舍了一笔什么惠施，可以向它发生这样坚执的、单纯原始的要求？我满屋里寻找，在被子里，在桌子底下，在灯影下面，我急躁如一只受了惊的蚱蜢，在屋子里跳来跳去，把椅子抛得山响。我执起新买来雪亮的剪刀，恶狠狠逼准墙壁，要它把那放纵大胆的婴儿的隐秘，报告给我知道。

最后，天知道，我在一只有盖的小玻璃缸里面把那件奇闻发现了出来。从那一枚鸡蛋里面，婴儿放肆的哭声对于我似乎一种庄严的嘲弄。这里我奇怪我的感觉，几乎我以为自己已经于不知何时溜走了，变了不是我了。

我梦见（我只好说是梦见了），我进入了一片广野的辽原。天上是云团，白的云团，红的云团，青的云团，澄碧的天的海洋透明到和绿水晶一样。地下是活鲜的草，绿的草，金黄的稻穗子，肥赭的土地，苍茫辽远，似乎遗忘了它自己的平原，那是宇宙寥廓无私的象征。我看见一群，一阵，长长的，火车行列式的一大阵孩子们，在那丰美伟大的境界中奔走赛跑。他们跑着，歌着。他们的小小脚步唤起了大地的合唱，他们的歌声惹起了稻穗的和鸣，白的，红的，青色的云球追在他们后面，跑在他们周围。有时候，一不留心这些云头又飞上了孩子们的前面，且用它们轻得和毛毛雨一样的脚尖，掠弄孩子们稚嫩的黑发，向他们光洁和善的微笑着。梦神知道一切都是真的：孩子们跑着，跑着，不会休息也不会慢步。他们浩瀚排荡的歌声，象巨伟的山瀑在浩空中奔腾，象朗洁的长风用垂天的羽翼在飞舞。它使我一面听一面不自主的随着跑，它使我舌尖雀跃，喉衣颤动，脚下自作主张的踏跳。我欢喜，我流泪，我癫狂，我爱，我恨。我的心血泛滥，如猛涨起来的夜潮。而且，我还看见了什么呢？碧绿的天波渐渐飘动了，它如风脚上勾下来的云缕，慢慢向孩子们脚底流漾下来了，而白云也似乎在飘坠，向金黄的熟稻怀里面躺了下去。我见红云牵起了孩子的裙裳，以助他们的舞姿，而绿草又映在天波中间，象是水晶石里长出来的生命。一个无始无终，无上无下，无左无右，完整的大宇宙，被孩子们放胆的奔驰发现了出来：一场美的创始，一个终古秘密的发现！

一扇掌管天的秘密、星体的秘密、火山猛烈热流的秘密的神门，我确确看见是对我们而开了。我见每一个星球抱着一个红如玛瑙，热如火焰，光明如疾电的心，在它们的胸腔里面。它们的胸腔透明，映出了狂欢着的火花、火叶、火苗。它们沉酣于生命的舞蹈中，使自己的光明围绕着自己而歌唱。我见火星上满地是猩红的树枝，它们却发出月色一样温柔的抚爱，护围花草的芳洁。在那里，月亮在笑，太阳在笑，风在咭咭呱呱，雨在踏步跳舞。它们中间有了一件盛大的刺激，中国的黑发孩子们已经从宇宙创造的怀里吸去了新的精液。无边的欲望在他们心里腾沸，为了光荣，为了美，也为了生命！

可是，宇宙不能说声"拒绝"，人间却会发出了"禁止"的恶声，这是可能有的吗？没有人能无故宣布一个人的死亡，难道一个民族有权利制定一个民族的命运？我们在蛋壳里面的呼声，对于他人会是一种威胁，我们在广原上天真的赛跑会叫旁观者见了短气，这些都不是情感和理智想得到的。被强制而对我们锁闭了的门，你的幽禁何其可怜，但我们为你的奔驰为此也会更见其猛烈了。红如玛瑙，热如火焰，光明如疾电的心在我们黄色肌肤的胸腔里也照样各人抱住了一个。人若不信时请来看吧！请看我们的战场上、医院里、田原上、公事房中，乃至于我们幼稚园的游戏场上吧。这颗心总是欢悦的豪饮沸腾的创造之杯，而高唱着：

"醉卧沙场君莫笑，
古来征战几人回！"

一九三八年"五卅"十三周年纪念

灰　烬

在死亡丧失了它的威胁时，我不得不赞美灰烬了。

我不用在这里请出化学家来，我更不用想到物理学家。所有一切科学家只能用呆拙的言语敷陈局狭的事实，而灰烬的生命乃是宏厚与无穷。

请问你站在敌人刺刀面前的小姑娘，你曾否感受到剑火的锋芒在你心房周围旋绕？请问你，你怀着炸弹在敌人的胜利游行中穿过的壮士，你曾否觉得炸弹的火花在你肺腑中爆炸？请问你，请问你一切肩负着五千年历史，脚追着新兴民族的灵魂，在敌人的轰炸炮火中赶路的男女老少，在你们身子里那如荡的透赤的明珠是什么？它以什么样的魔力加于你们，使你们钻进敌人探目的手里，使你们赤身露体，落在敌人的弹雨枪林底下，寻求自己的灰烬？

片片的村林如中了风魔被卷入火焰里间去了，整幅的田园被火的红海淹没，搅起了黑柱一样弥天的烟云。五千年父母子女的血肉从土地的焦灼里传染了燃烧，火焰穿透了地球的心脏，烧着了上古中国人惨白的尸骨，把它和它五千年后儿女的残骸搅和在一起，结成了一团大汉子孙的灰烬！土地，逐片成球姓汉的土地熔冶在灰烬里面。

我听见过了神话，它述说炼丹的兽物怎样使它的丹珠吸收它自己，也吸收自然的精华。这神性的丹珠至后来怎样毁弃了兽物的身体，为自己创造了一个人身，一个仙，乃至一位神。

我又听见五百年长寿的凤凰怎样燃烧了自己，再活出一个新生命。我知道自发燃烧怎样从无生的煤堆中，袅袅出烟，我更知道无知的沉默的山岭，怎样突然吼啸着喷出火阵烈焰。

我们的丹珠，我们这颗由五千年心血培养起来的丹珠，它是象一个精灵相似的活跃起来了吧。它得到了灰烬里面自发的生命！

北　风

没有人能够明白北风，从没有谁见到了北风的心脏，他们说北风是无知的毁坏，他们说北风无头无手，只有一条象女人的累赘裙边一样的脚。

北风，啊，深夜的黑暗里从地心底层吼射出来的北风，你的声音多么壮！多么猛！在玄色的天地中间，在宇宙蒙上了单一忧惶的迷灰色调时，你狂烈的暴激，奔腾的炫烂，你壮阔的变动仿佛发出了万能的震人心目的色彩，使人张不开他微弱的眼，色盲的眼，使人为了天地的酷虐而昏眩。

你的鞭子，你震挞生命答逐宇宙的鞭子，就从没有停息过。你千里奔骤的驱逐死寂！鞭捶疲弱！扫荡一切死亡和虚伪！你永远不肯停在半路上，等着寂灭来和你妥协！你鞭打太阳，鞭打海洋，永不让它们躺下来，永不让它们安闲游混！就是懒性天成的大山，你也要鞭碎它的岩石，扫荡它的林木，你使它一时剥落了狡狯沙石的掩盖，光着脊梁在你面前发抖。

北风，伟大的北风，你是永不许冬日死亡的大神，是生命的红旗先使！在冬日里雨来了，雪来了，霰珠塞满了生命的细胞，太阳颓然如醉了酒的老头，早上起不来，未晚就躺下去，披着它半黄半红的黯淡袍服，象老和尚送丧的袈裟。大树小树都被剥夺干净了，被夺去了他们青春的冠冕，被剥下了它们润绿的衣裳，它们只好铁紧的闭着嘴唇，等着生命的汁子从他们心上干枯而死。大牛小牛干渴了，大狗小狗都缩紧到屋檐底下去躺着，不敢出声息。川流迟迟不前象老人绊坏了他的腿脚骨，也唱不出清脆的歌声。宇宙那时好象是根本忘记了它自己，它以为死亡已经代替了它，寂芜将把整个冬天封锁起来，丢下冰洋里去了。

没有你，没有北风的狂吼，没有北风的军号，谁知道这宇宙还存在着？谁知道这宇宙还有无疆的雄厚，无穷的力，刚猛万变的美！啊，谁又料到临到了生命的尽头跃出了生命的本身！

哦，北风，我不知你对于生命有几千万万吨启示的活力！我不知你累积了人类几十万年磅磅礴礴、蓊蓊郁郁、绵绵延延、不死的雄力在你怀里，更不知道你饱载了宇宙多少多少钢铁的火星！当着明媚的春节，当着炎炎的夏日，当生命有的是喜悦和自由时，你俄延着，屯积着，你不动，你说："好吧，孩子们！玩一会儿，乐一会儿，别着急。"一旦生命在收缩，在溃败，力与美落在枯寂死灭的威胁底下，在一个丑到失了容仪的黑夜里，你突然发出了你的巨吼！施为了你狂烈的动震而使生命的力在梦中人心里象轰雷一样爆炸！北风，我不了解你，我不能说一个微末的分子能了解它的全体。可是我觉得我和你有着心连心，手指连手指的密切生命，正象我和我的中华民族一样！在冬日的窗头，我见不到北风的鞭子在寂寞的树梢挥动时，我心是何等的寥寞！我渴恋着北风的呼声。北风的号角不来时，我将怎样度我的荒凉！然而正和彗星辉耀的存在相似，北风浩荡的来临是生命至确至刚的真理。我以我的胸脯敞露在北风雄猛的鞭击底下，在北风尖锐的指锋的刺割之下，我愿北风排剑一般的牙齿咬住我的心，拖我上那生命的战场！

在那生命的尽头上，永远有生命自己的伟大堤防，站在这堤防上面排荡一切的使者，请天下古今一切的权威者向他膜拜！

啊，北风！啊，伟大的中华民族！

星

神奇和美妙倘若不存于人间，则天上一定不会有神奇，有美妙，不，连宇宙都不会有。

我面着宇宙，我仰慕那浩渺无穷的苍天，特别喜欢留连在晚上，没有月亮的时候。那时节，晶子一样透明的星，豪奢无度的布满了黯默的天。那天，在那时是黑暗，是哑默，并且连手势和暗号都不能作，永不能使人知道明天还有没有光明的后继者，黑暗能不能永远霸占了光明的位置，将人生就此埋葬得不见天日。

星星，最快乐，最丰繁谦逊，屏绝了一切自我狂、虚荣感的星星，不只是黑暗中的晶子，也是宇宙的宝库。它点点碎碎、细细密密，可是精精亮亮的撒遍了宇宙的每一个小角落，成为自然伟大的美的创造。每一颗星的工程都极其精致，仿佛一架复杂机器上的一枚小螺旋钉。但每一粒星在自己的地位上都极其大方，十分尊重，各自以百分的至心发辉光明，燃烧这光明，使它一直跑着几千万万、几亿万万里的长途，永不乏力，永是那么清醒，那么晶亮，那么快乐，各自站在自己的位置上，成为美与真的融合。宇宙若没有星星，宇宙该埋在黑暗底下了吧？宇宙没有星星，人将用什么信心爬上床去，用安息度过黑暗，直等到明天的光明来临？人将凭了什么知道光明还未曾死灭？

可是宇宙神奇中之神奇者，莫过于我民族里巨万的星星。在黑暗——抗战的洗礼——要临到的时候，他们各自站好了自己的地方准备着，他们是丰繁得无比：在战场上，在壕沟里，在大炮旁边，机关枪底下，也在水火死亡，流离破散中间，在敌人的刺刀尖和靴尖上，在敌人间谍、汉奸的侦逐网下，总之，在一切失去了漂亮背景的场合中，他们谦逊的屏绝了自我狂和虚荣感，而生活在大时代黑暗的一面，用自己的光明作光明，用自己的能力当启示，作为永恒光明的保障。我想着这些神奇美妙的星子，心头是涌着血潮，而眼中却不能忍禁泪珠！我们巨万巨万的星星，是以伟大的沉默在敌人无比的喧嚣之下，黑暗用各种的张狂吼叫以增加它的威势，而我们的星星除了以十分至心发出它万年生命中最完美无缺的光明之外，他们缄着口经历碎尸裂骨，被苍蝇吃死，被疼痛咬死，被霍乱疟痢、暴暑隆寒、鞭打煎熬至死，没有怨声，只有谦逊和笑容！这超越宇宙的神奇美妙，哪里再去找呢？这不是光明的铁券是什么？世上该有大群大群为了星星的存在而消灭了对黑暗的恐怖的吧，我因此深庆幸我是中国人，尤庆我生在今日！

生命的受难

上海是一个疮疱满身的皇后。有些疮、丑、烂、臭，不是积聚在某一角落，却遍散在锦织绮绣、辉煌烂漫丛中，他们说明了上海生命的受难。

南市有一个国际闻名的难民区，这不必说；在租界里，也几乎每街每道都有难民区，南京路、虞洽卿路、愚园路、大庙小庙、银行家的房子里、空商店、空场、破烂住宅、热闹街头，冷落小巷，莫不有难民区的踪迹。这一次我们寻到了一个三不管的地带，那片场子原是战时被毁了的房屋所留下来的，在北火车站前面界路旁一块不小的地角上。

一片片，一排排的小棚子，每一所恰恰一间亭子间那么大（也有更大更小的），聚在一起，自己组成一个小团体。穿插在他们中间有许多条自然的小路，构成这网状棚区的脉络。天晴时，小路则阴阴湿湿，行之有声；天雨，许可行小船了。然而，也不能说他们水源丰富。在马路边洗东西的人们倾在街沿边的水，都和黑浓浆一样的又黏腻又少。马路那一边，密排了两行小铅桶、小铁罐、小木桶、小盆、空奶粉罐头、空汽油罐头，方、圆、扁、窄，铅、木、竹、瓦，各色俱备，列为一道弯长的阵势。姑娘们，嫂子大娘们，或立或坐在桶边沿，候着自己的分儿去马路一端的自来水龙头那里取水。马路两旁各有一条污泥小溪，中间略略高起的一条才是旱路。

说过了这里是三不管，中国人管不到，西洋人不管，东洋人倒想管，只是没有他插手的分；反因没有他们管，大家活得还更喜欢些。这三不管另有一个说法，是钱不管，衣不管，食不管。总之是这大小上千的小集团，完全被人抛弃了，他们恰恰仅好悬在这孤岛的边沿上，半死不活。

家并不远。穿过铁丝网，走进废瓦堆，爬在鬼子兵的靴尖下，就可以把它找出来。虹口、闸北、杨树浦，再远一些，吴淞、江湾、大场、闵行，环绕上海昔日的膏腴，就是他们连心带肉都贴在那上面的家，可是现在他们却咬着牙说不要它了。家固然都已烧光，回不去；有家的人，得不着仇人的通行证，更得不到良民证，走过去也是死。

他们靠一辆小车推垃圾，靠两只胳膊拉洋车，再靠手作点粗吃食卖给自己人吃，也不去领"派司"上东洋厂工作。有人曾有过经验了：求着大小汉奸的人情进了厂，作完一个月之后出来，仍然是两只空巴掌，一个穿底破口袋，莫想得一分钱。回乡去打算弄弄土地的人们，只有赶紧逃回来，要不就给鬼子抓去当工，当完了工，没钱，还得把人锁上三五个月，免得出来把工事情形漏出去了。

我们见一个宽肩膀、精神专一的青年人，坐在一只矮凳上，伏首专注的卷香烟。他粗大的手指和那工作不相称，尽是颤跳不宁，他们似乎是应该擎枪枝子弹的，他的眼睛里在出火，嘴巴闭得铁紧。这工作，这环境和他的手、他的心全不相称！

一个女人亢奋的提高嗓音同外来人说：

"想回家？没有家了！只有打走了东洋人才有家。我们可有心打哩，就是不得动！"

"打东洋人是政府的事呵！"一个男人慨叹的说，但是亢奋的女人听了这话，红喷着脸，一扭身，她就钻进棚子里去了。

十几个孩子们或前或后挤在我们两头，把网状脉络几乎塞断了。他们没有学校，没有游戏场，没有任何可作的小事以练习他们的心力体力。从十几岁以至二三岁的饥饿孩子们，别说发展，别说储蓄将来的国力，就连眼前天赋给他们的这一点都难好好留下。怎样引得先生们注意，无论各处的难民工作都由小孩子这边先作起才好。政府要员对于这事是已经留了心，但我想如果能成立一个儿童营（很小的小孩，另成立育儿所），专门收集各处难童（连有父母的也该受同样安置），加以适当的教养、训练和组织，比较让他们在这些腐烂的难民区里跟着自己都活不出来的父母要好的多。所有难民都宜有更富于生机的处置办法，万一不能周全顾到时，可不能丢下了一个青年和儿童！

北平呵，我的母亲！

我遗失了，遗失了心的颤跳、眼的光明，遗失了一个存在，全世界从我空落落的感觉中消逝干净。星月都茫然而飞逝了，日光惘惘，有如哭泣慈母的孤婴。我的心象秋雨一样湿淋凄晦，我的手，我的脚震颤失次，血流在脉管中嘶鸣！

呵，北平！呵，我的母亲，我用十指尖在砂石里面挖掘，用舌尖在黄土泥下搜寻。我记得我母亲那温柔甜美的感性，我知道我一触着，就能认准她是我的母亲。可是，怎样了呢？我的企图是失败了！即令我的十指和舌尖全因摸索而滴下鲜血了，我仍然不能触到我的北平！北平呵，知道么？我寻觅你，如觅取我自己的身心！

嘶号着的西北风呵，你的风脚是由哪儿走来的呀？你可曾在那古老的褐色城垣上滑走过？你曾否敞开你伟大的衣襟，抱来北平的土尘？西北风，西北风，你听我说，你的步子可不要太仓猝了，恐怕你会把北平的气息遗漏了呢。那气息和土尘，它们为我带来了北平的音信。我听见了北平尘粒的太息，那悠长、深厚而无言的太息，那是北平的召唤，是她要她女儿回家的命令！

母亲，呵，母亲！我要回家，我却不忍心眼看你受那凶暴的欺凌。七月里的罡风过来时，我见北平的绿槐滴下了冷涩的泪珠，粉红绒球状的红绒花，黄着脸儿，变得寡妇一样的颓丧了。那时天安门赤身露体躺在强人面前，中华门下玉白的大街，毫无遮饰的躺在贼人脚下。她们昔日的尊严华贵完全为裸露的侮辱所代替了。中国的皇后被强盗摘去了她尊荣的冕旒，而抛弃在泥尘里，象一个随营公娼一样蒙受着万骑践踏！那是无抵拒的摧残，那是绝望的强奸！死亡，严重耻辱的死亡，坐在北平头上。北平，我们庄严华贵的伟大母亲！

十一月间的初冬开始降临了。北平那多恋情的树枝们呵，北平那海上绿色雾阵样的绿叶呵，有玉纷纷的雪片儿，天真烂漫的又走了来打扮你们么？你们不要怪她们呀，请不要怪她们。她们别了我们又一年了，不会知道北平的女儿们已经失掉了娘亲。她们原来是爱着北平。（谁能禁得住不爱她呢？）好朋友们，请你们赶她们还未到来时迎前去通一个信，将嘴巴靠紧她们的耳轮，低低嘱咐一声："回去吧，好姊姊，强人已经霸占了北平。北平应该用枯麻盖上颜面，她要用灶灰代替脂粉，度过这耻辱的日辰。珠和玉都不是我们所要的了。象去年那样将我们装成处子身肢那样的丰圆腻润，不是你应该作的事呢。我们不要如象牙白桃那样的肥莹。我们要哭泣，要愤闷，使眼中滴下碱汁一样的泪珠，使我们的肢条枯瘦灰败，如积仇老妇的胳臂，由各处伸出去妨碍敌人的安宁！"

北海波上的大白鹅，不要再伸出鲜红的嘴巴对人唱歌了吧，听歌的人儿已经不在了。倭贼会用骄狂的靴头踢着你们，他们会用淫亵凶毒的讽嘲叱骂掩没你们的歌声。认清楚，鹅儿们，认清楚这些矮个子、盘腿、宽肩膊的倭贼，他们用强奸的血污涂毁了你们高贵如霜的白色羽毛！有利口可用的张开来吧，咬住每一只盘旋的蟹状的短腿，拉他们同下水滨。

中国的孩子们，北平的儿女们！还记得古城里灿烂如流星的琉璃瓦脊么？为何容它以同样的辉煌迎接仇人？那高昂尊贵的白玉桥，岂能由屠人犯溅满淤血的狼蹄留下蹄印？让秽污的踪迹刻在端严崇伟的白塔上，让纯洁的玉泉为感染了敌人的淫秽而呜咽，这岂是我们作人的本分么？难道我们生是为了替仇人制献华贵，我们死是为了装潢寇仇的尊荣？中华民族的心血，祖先几千百年的创造都为了敌人的毒口而尽忠？中华的儿郎们呵，谁说我们的祖先在几千年前，在无闻无知里，已经注下了奴隶的悲运？

让我们走出神武门外，抬头看吧，我们壮烈的殉国皇帝第二次又复挂上天空！他伸出那条横枝（在那上面，他已经有一次为了国家献上他尊贵的生命了！）似乎在挥泪向我们告别，他似乎在指挥我们，与我们有所约会。想不到的，他已经作了二百余年的亡国鬼魂，才得苏生，又已经被抛在敌人脚下，作了第二回殉祭！走过景山脚下的中国人们呀，请让你们的脚步轻一点儿，因为每一步都是践踏在那尊贵殉国者痛楚的颈上呵！北平不回来时，那颈上的惨痛是一刻也不能解除的了！

起来！起来！中国的孩子们，上北平去吧，北平是我们自己的家乡。北平的太阳不会有云翳遮盖，她总是满脸亲切的笑容和蔼。北平的空气是永恒的葡萄酒，浸润着你们的鼻角和嘴隈。你放心走进北平怀里去，不需担心也不消惧怕，那里没有无端的欺骗，没有偏窄的陷害，每一张陌生面孔上，都觉有同娘的血液流灌着，那是伟大温仁直白的母亲的胸怀。你由西长安街走到东长安街，由正阳门穿出神武门外（这些都是如何庄严亲切的名字呵），在那夕阳撒开了彩色透明的翅翼时，你会觉身子是在浩荡的金波中浮泳，在无限精丽的、北平的伟大自由里徘徊。你要在太液池面的荷叶丛里打着桨儿歌唱，你又好去天津街上那巍峨的三座红门下曲意徘徊。所过之处，每一匹细叶会在你脚边嘤然嬉跳。那絮云似的素白丁香，有香味如爱人的唇吻，会偷偷触上你敏感的面庞。你会留连在太和殿的白玉阶前，凝视每一级莹白坦率的长阶，你情不自禁的要坐在它旁边，用食指尖恋好的在石上轻轻摸捻。贴近那云龙交逐的云石，你会俯下你的脸儿去俯听云头里怒龙的沉吟。四月里，春风点起脚尖，悄悄爬上了树梢，轻云在北平净蓝的天空波动了绿色的细涛，你纵开驴儿的缰绳，在西山道上泼驰，和春风赛夺锦标。你攀援香山的针松，不怕针儿扎得你满手流血；你一口气奔上了鬼见愁，令山神为你的长啸惊跳。于是你想，八大处的杏丛已经开醉了饱满的红白花球，三家店的桃林对着永定河的绿波，已经把口红抹透。你不惜你少年人的腿脚，你正年青，正有力气，你不妨立刻开步，再翻过几个山头！

现在，年青的人们呵，这一切都不是我们的了！在那里我们所有的，只有决死的战争！一场争夺母亲的血战已经包围着北平，腾起了它的火焰！弟兄们，动身吧！今天晚上！动身背上我们的枪支，勒上我们的子弹，撒下马儿朝那北平道上驰去罢，和我们北方的弟兄们手拉手儿，跟北风再争一次生命锦标！打回北平去！趁着我们还正年青，还正有力量。我们必需要收回我们的家乡，在那里，母亲是苦楚的倚着门儿在凝望！不是今天，就是明天，不是明天，就是后天，在我们有生命的日子里，我们一定能杀尽敌人，回到家乡。在母亲的怀里，在那长安街的雪白大道上，放下枕头，一觉睡到天亮！

伟 大

世人常常喜欢用"伟大"两字来形容一种令人景慕的人物，其实，由于习惯熟见的缘故，这两个字被采用时，其所代表的意义反不一定真正包含着"伟"与"大"的性质。最通常时，它们不过能表现读者和被读者之间的一种特殊关系，或是个别的友情，或是特别的偶然的扶助；有时候仅仅因为伟大是人人手边头拿得起来的形容辞，取其方便就把它应用了。真真想得到，感得到伟大的意味而应用它的，恐怕还在少数。

当其少年时候，人有着生命的欢欣，身体壮实的爱好，美的欣慕，打扮的留恋，智识的取吸；摆在眼前、听在耳内的有这广大世界上千千万万种的姣美颜色和婉转音调，有无数交流的生命的活动与形象；人生精巧的扮做和心魂激动的吸引穿织在一个少年人的心维间，足以使他或她目迷神醉，陶然于忘我亦复忘他的境界里，追逐着生命的温馨。这是少年人的常态，不是他的自私，而是生命自身的营求。

一旦，这少年人的心维对于声光色相的扪触硬化起来了，粗壮起来了，它不接纳它们，不使它们在它里面交织为灿烂的美锦。一点火星子落进了它里面去了，透明的红艳的光明，由他内心的纤维照亮出来，使他全身鲜赤如火，莹透如珊瑚、如红宝石，如灯光反射出来的血红手心；并且，真的如八月里晚天散放的红霞。这个人，他起始觉得多样的颜色，扰乱了他眼光的清明；多调的音响，敲烦了他心的宁静。他只有一双眼、一对耳朵，在它们里面你能听出心血扑通扑通的跳动，心的感触纤维套在他的耳目上面，作成了他的千里眼和顺风耳，使它们能发掘生命的幽微隐秘，使它们在声光色相的里层寻出了被拘囚、被捶楚得体无完肤了的人类的真理！理想之光，穿透了他的身心。

这个被理想侵入了的少年人，你说他伟大吗？是，也不是。可以说，少年心容易着火。但易着火的材料，不一定就难于熄灭。纸是容易着火的，木材比纸又难一点，烟煤比木柴更难，但还有再难些的则是红煤，红煤的持久力可比纸就大得多了。少年人因为容易着火，所以他的透明，不一定能成为他的伟大。多多少少人在其感受了火星时，马上能到处燃烧，但不久他的焰头矮下来了，不久，他不能够到处延烧了，再不久，他的火头缩进了身子里面；随着，有能有不能，不能的慢慢变成了一块黑炭，能者却培养这身中保藏起来的火力，由它依其同类的吸引，而归入一个通红的大熔炉里面去，反一直能放出纯青艳丽的火舌。要这类人们，才有理由真正称他们为伟大。这伟大不在于个人，而在于这人已经变成了理想的一个肢体，属于伟大理想的肉身里面。

一个人在其孤身的时候，无论火星在他心维上照耀得如何光澈，可是一切为这火星所需要的形声动作，他只能以想象去达到，他的手和脚总如套了链子一样的伸不出去。个人是藐小的，从而他的动作反映也不能不归于藐小而拘束。他的心走在手脚的前面，于是手脚就要失措而烦恼不安了。这最主要的原因，不一定属于心手的不相能，坏的是生命在这儿会感觉到脱了节，肢体不能与本身发生关系，令肢体怎样生存下去呢？

当理想的完整的肉身——一个理想的行动集团——活动起来时，它的分子（就是肢体）不但不会手足失措，反能够在不可能之中，作着不可能的事情，因此是不可能地生活下去。在这里，脑与心所能到的地方，手和脚也有本事迈上前去，不，多半的时候，当心与脑还没有走到一个境界时，手和脚已经就把它们领着去了。因此，处在理想集团里面的女人，她可以跑山，打仗，挨枪，挨炸弹，日夜不停的在大群人中工作，生五六个小孩，受冻，受饿，还爬二万五千里的山峰！还嬉嬉笑笑的活得怪有兴味。这可能吗？可能的，但逻辑上是不可能。这伟大吗？伟大的，但她是在伟大理想的集团中的一个肢体，那集团是那理想活跳现形的肉身，它有着一切肉身所同具的一对晶锐眼睛，那就是它的领袖。

理想是伟大的，因为它无所不能，无所不包；生命是伟大的，因为它无所不能，无所不受。在理想所安置的不可能的情景中，生命又不可能地生活出来，这只有活在那理想的伟大肉身里面，将自己变为它的肢体，才能办到。因此，我对于今日的这个国家，这个民族是无尽无穷的喜悦。

抗战与中国文学

历史的下一页尚未揭开，有一天，哥仑布忽然要去发现新世界，一片完完整整从未见过的大陆，从那时就走上了历史的新篇幅，不，是人类新的生命场。

这片大陆，于土地是壮伟辽阔，于浩空是一望无垠，蕴藏着长林丰草，是深厚，是奇秘，是豪富伟大；它的空气未经污染，也不留障人眼目的渣滓；它的河流自腾自跃，自歌自啸。苍鹰不妨鹊击，燕子尽管啁啾，爱咀嚼磨嘴唇的耗子，弄精灵的小猫，乃至庄严雄猛、才美绝世的狮王，都在一片浩瀚的自然里，各自取得它应有的天分，各自施为这天分，以创造和荟萃新大陆的神奇。自然飘荡着，呼啸着，骑在风的背上，驾在雨的肩头，掠过峰巅，撞下悬崖，于海底猛击节奏，豪唱着波涛的自由、兽的自由、鸟的自由、人的自由、天地的自由、大宇宙完整的自由！

接收了新大陆的人是有福的，多少生命，多少美，将充满他们的胸膛！发现和创造新大陆的人们更是有福，他们浩越壮伟的心胸，将是多少生命、多少美的创造者！创造之神临到了时，一场新鲜活生的完美在熔冶中，在炼制中。

曾几何时，我们用慨叹塞满了自己的喉腔，用徬徨疑问领导我们的路程，我们的伟大文学在哪里呢？我们有伟大的作品没有呢？为什么我们还没有伟大的作品出现，本着我们三千年文学的遗产，二十年文学的醒觉？可是，不管慨叹，不管疑问，不管我们怎样面面相觑，奔走寻找伟大的作品，伟大的文学还是藏在那荆榛荒秽的新大陆后面。壮越的心被锁在亭子间里；敏锐的观察力被埋在书叶底下；高昂不屈的精神，渴求着浩空，营谋着海洋的自由魂，不是拌在烧饼屑中，便是将它自己灌入了枪管里面。当我们悲悲切切，唤取伟大文学的魂灵时，只有血在创造的园地里工作，而那工作是那么拘禁在地层底里，一块块、一角角，为高耸的围墙深深隔断。

抗战！这是一声新大陆揭幕的号角，这是春日启蛰的第一声惊雷，震过野原。孩子们跳起来了。少年人挺起了胸膛，壮年人整队前进，老年则拖起犁锄，踉跄的跟着跑。女的男的卷起一阵风，从家家户户的窗口吹上街头，滚上市集，卷入人的潮，枪的潮，炮的潮，冲锋的潮，扫上一条新大陆的前线。五千年，我们不曾见过这样的雄伟；五千年，我们没听过这样的光荣；有五千个年数，我们被外敌的进逼鞭打得遍体血痕，几乎少有一年躲得掉。有几个朝代，将我们困在外人的锁链底下，难以翻身。伟大的心与灵魂，每每常在敌人刀头落下，要不就被收进他们的凤阁池馆，把心和神会的路切断了。可是到了这五千年的末了，我们到底有机会也有能力喊出了我们自己，我们到底向这长长的外来锁链挥起了斧头！有一个鲜艳的生命的旗子，也有一个庄严尊贵的理想的旗子。我们曾久久把它们折叠起来，抱在怀里，藏在胸头（记住，我们永不曾把它们弄掉过，无论在什么场合）。现在，看，在那新大陆的中心，我们鲜艳尊荣理想和生命的旗子，已经飞扬起来了！心灵正在浸润着开放，阳光正飞进了幽暗的角落。异象在郊原上，在城市里，在前线，在后方，层出不断，如霓虹满天的启示它自己。不可解的生命和理想的奇迹，鼓起长翼，飞遍了东西大陆的广原。生活有着奇特的壮伟与繁复感情，尝到空前的壮烈和激扬，想象出了匣，如新出于型的剑锋。创造的烈焰燃上了每一个争生命拒死亡的灵魂。我们看见多少敏锐的观察力，活泼玲珑的心，飞扬雄厚的感情，骑在它们长了翅膀的理想上，无拘无束的闯上前线，飞入村舍，用血，也用心，记录这一新大陆的创发。这不是一个地方的工作，这不是某一年，某一月的行为。地球在轴心上凭什么而回转，中国永生而伟大的文学也将凭什么而发扬而长在。正如十六世纪英国高昂创发的海上自由，如何造成伊利沙白时代文学的奇艳，中国的抗战自由，也将奠定中国文学伟大的根基，并且，说它会成为一个崭新深厚的传统，有谁能够反对呢？

眼前勃起的报告文学，由各方各线汇聚起来的正是这一传统的征兆。人们集中于消灭个人的感慨。以整个生命的悲壮、伟烈、奇迹、精美，作为写述的对象。爱与恨、乐与忧、悲与喜，没有丝毫的掺合和折扣，整个的联接在一个总的生命与美的创造上面。在中间，我们新经验到无量的诚恳、切实、无我、极度的爱和恨，这是文学生命的祥征！

不过，这不是说即将在抗战中，或抗战马上结束之后，便要产生出我们伟大的作品，那或许会，但不见是一般的可能。从战争的头脑恢复到文字的头脑，其间还得有一段路程。从飞越的心情沉入于融会静观，使生活的精美果实完全消化在远见、真知硕解，完全熔于文字一起，不是三年两载的工夫，这为了我们不可避免的必然要达到一个伟大永恒的未来！

东南行（选录）

万木无声待雨来
——记赣东前线

轿子从安福下来，脱离了绿色的海涛起伏的原野，上了大路。哪里是大路呵！一堆堆横断路腰的土石，一洼洼盘据路心的黄水，小风吹过，起着碎波，正象一个完整的池塘；几尺长的小河横路飘流，从左边田里，流进右边田里。一片片带土的新草和小树枝遮盖了路面，使人无从认识。轿子在水面上移动，在田沟上爬，在池塘边沿摇摇晃晃。当它们滞挂在土堆上的时候，人就不得不从轿子里钻出来，在水泥里走过去。与其望着轿夫瘦瘦的背脊在土堆上颠颠摇摆，仿佛立刻要折断的样子，是不如自己拖泥还更好的。

这是中国的道路，修筑起来又被粉碎，粉碎了又再被修筑起来，为了要得到那最平安、宽大、适合于永久的福祉的道路。正为此，这条道路和其他的千百条一样，是在被破坏的熬炼之中。

残破的道路上，散流着残破的行人，都是由东向西的，十一二岁的孩子，少年和中年女人，拄拐杖的小脚老太太，箩筐担着的和抱着的小孩子，单轮车上捆着的孩子，挑行李的，背着的，穿草鞋的，布鞋的，橡胶鞋的，打赤脚的。男男女女把裤脚卷上大腿，把旗衫扎在腰间，在树丛、水塘和泥浆中间疲敝地走着。看见我们的轿子由西往东，诧异的望着我们。

"到吉安去么？"在茶棚里坐下来，东西南北的人们都不分亲疏了。

"是呀。"

"去不得呀，吉安人都走完了呀。"

"日本兵到了哪里呢？"

"那里晓得！说是樟树、新淦都丢了，路都破完了，再迟走也走不了了呀。"

"你们是到哪里去呢？"

"到安福去看看啰。"

"衡阳有个亲戚，去看看啰。"

但是也有人说，吉安的商家都没有走，许多货物也还留在吉安，当地长官正在劝他们走呢。

同行 B 君对我笑了，这感性较浓、顾长的澳洲人。他说："假如我们闯进日本兵手里！"我也笑。于是我们把准备丢的东西，准备逃走的方向商量了一会。我们逼着轿夫快些走。

九日下午一时到了。吉安仿佛一个睡眠的城市，招待所走了，银行走了，学校走了，报馆走了，无线电走了。满街闭门阖户，任凭我们晃晃荡荡的拖来拖去找不到歇脚的地方，最后落在一家小客栈里。

吉安真是睡眠过去了么？我们不信。

在一切都未曾处置以前，我们抢到一张号外：九日晨我军克复樟树，新淦附近无敌踪。

于是接连三天，半张报纸、油印新闻、机关消息、壁报、朋友们口头，从四面八方灌给我们以前方胜利的消息：樟树恢复，崇仁、宜黄、南城克复，我军进驻三江口敌人的后路，敌人集中临川，有撤退模样，谣传甚至说上饶也被我军克复了。

眼看着吉安活了起来，第一天在街上走，只有街角有几个人，有些极小的铺子半掩着门，卖斗笠和竹编小篮之类。路上偶而碰见一个牧师，见到一个可以谈话的人，谈话第一句就是"吉安是在打摆子"，随着就问路径，问道路破坏的情形，问家眷人物走了没有。第二天，报纸出来了，市民渐渐挤在壁报板面前，街上有孩子抱着报张飞跑，嚷着好消息号外。第三天以降，最繁华也曾经是最死寂的永叔路上，从下午三四点钟起，已经有挤满人的样子，大商店也有大半扇门打开了，在门口张望时，已不致于被板着面孔的人们赶走，冷冷地说一句："没有货！"近一二天来，吉安几乎全都呈现了它自己，茶馆里坐满了人，商店的橱窗里满是货，比桂林分外富于都市气味，也似乎比桂林的存货更多。一家阔大糖果店全副玻璃砖门面，两面光是罐头水果有几十种，咖啡、啤酒、可可，样样俱全。在此前后对照之下，唯有无言！唯愿抗战的胜利将不只带来坐在茶馆里成半天嗑瓜子的人，和晶莹耀眼的糖果服装商店。我们的劳苦兄弟们应当有适当的娱乐，而不是在破茶馆里，一只脚蹬在凳上混掉一天半天。

并且，在目前说，吉安也还是次于战场的前方哩。

记者的知识离任何军事很远、很远，但是，身在战场的边沿上，免不了对于前线一动一静的注意，对于寸寸土地的关心。承当地军政长官的指示，同业朋友们，特别是中央社战地特派员胡雨霖君处处帮忙，对于抚、赣两河中间这些地带上，以三江口为敌人后路而分途发展的战局，稍得眉目，因以转告国人。

五月中，纳粹的春季攻势霉败了，印度大陆蛇象奔走，一时难以下脚。敌人乃抽空发动了浙东战争，用意主要在于扫除我沿海可能的飞机根据地。其余如截断我物资来源，也是附带的目的。浙东及浙赣路东段战况发展于敌人有利，敌乘机想打通浙赣路，都被阻于上饶附近。那时敌人有两条路可走：一，追纵××战区主要部队及重要物资入××；二，由南昌出动，打浙赣西段，期于东西会师。敌人尝试了第一条，选择了第二条路，虽然它得了部分成功，但至今铁路并未全通，上饶东西仍有争夺战，敌人在这条路上所用兵力约共两师团，此外有东北伪军及敌人在沦陷区强征民众所编的伪军，数目也不少，但他用于赣东几县的兵力不过一万左右。

进入赣东的敌军都由南昌上来，据军事当局的看法，最初是为了巩固铁路线上的占领地，同时打通临川、东乡、南城一线，阻止×战区的我军向铁路方面增援，这当然不是说敌人根本没有侵入吉安的企图。事实上，敌人的每一个动作，往往都可能有几种发展，大目标之中含有小目标，小目标之外藏有大目标，目标的取舍分合，全看他所遇的阻力大小，与自身力量大小的对比来决定。他在赣东的动作，也可以这样去理解。他在崇仁、宜黄间的动作目的在搜击我×军的主力，崇仁、樟树间的动作在搜击我××军，宜黄、南城间，目的在××军。但他所到之处，我军主力都避开了，他到处扑空，十分苦闷。据前线所得消息，在这方面敌人遭遇到两重困难：第一是敌人南来的部队有一半都染足疾，肿痛不能作战。第二就是无法找到我们的主力，这自然是明显的证据。

但是另一方面敌军一路由崇仁走乐安、永丰，一路犯樟树、新淦威胁峡江，又明白有包围吉安的态势。无奈他师老力疲，人数不够，我道路破坏十分彻底，致使敌人不但不能运用动力化部队，连骑兵都难于大量运用，所以樟树方面，敌人只能用几百骑兵冲进来，又无步兵占领，因此东西南北，四向奔突，变成了流窜性质。经我大军一压，不得不"急流勇退"。最近在樟树俘虏身上搜得文件，证明因右翼感到压力，不能不退，敌人筋疲力竭的苦况可以想见了。

从上述情形看来，敌人在我军强大压力下，右翼已断，于两三天之内被迫放弃崇仁、宜黄和南城是完全可以理解的。现在敌人集结临川，构筑工事，似在久守。我军进驻三江口，与敌隔抚河对峙，由北面扼住敌人后路。同时在南城、宜黄间有我军新经补充的生力军到达。

眼前的前方是沉寂无声。

顿河两岸，莫斯科中原正在紧张，敌人似乎在期待着，我军似乎也是有所期待。飒飒秋风，为时不久。

万木屏息，暴雨如何？

七、廿二寄。

福州行

延州秦百户，关防犹可恃，
焉得一万人，疾驱塞芦子？

——塞芦子

一 到福州去

由南平到福州去的船，凌晨五点钟开行，我们在四点钟赶上船去，船已经挤得象腌菜坛了。幸好，早买了对座位号数的票，不至于要罚站。

一间小舱两面一共六个座位，我们对面座位上，是两个乡下女人和一对小狗仔一样的男女孩子，厮并着爬在窗口上东看西看。少时，一个穿西装的人带了两个穿制服挂襟章的人跨进来，直奔那两个女人，要她们的票子。把票子翻来翻去看了一回，三个人用福州话叽咕了一阵，那西装角色就挥手喝那两个女人出去，也不等她们回答，（事实上那两位正在傻得可怜的一上一下望着他，也不会说话。）就踢着女人们的东西。同时那三个人之中一个高高个子的先生，用几个指头把窗前那对狗仔提下地来，反手就把他们塞出门外去了。三个人相视而笑，穿制服的又连连向穿西装的道着谢。

这时候那四个哑巴人正拖着他们的哑巴行李围坐在过道的地上。不时把眼角伸过来，偷偷看舱里。

闽江上游江面完全是水漩子，一个套一个，互相撞击，弄得水面稀烂，有的地方象油，有的地方象被藻荇牵锁着，水面还鼓着小泡泡，水流各自绕着不成纹理的圈子。江中不断的有一堆堆秃石穷岩傲慢的踞在那儿，有的被太阳烤得发白了。江左江右穷追着人的山岭逼得人气都转不过来，电船虎搭虎搭向前逃命似的跑。可是，朝前一看，山已经赶过去，横断了去路。回头来，则后路也被它塞断了，俨然被包围在一个小小的湖里面。仿佛倘若一定要冲出去，则连船连人都要掉到地球底下去似的。

船到洪山口，离福州只有十来里路，听说船要停泊很久，便上岸去找人力车。正在东张西望，忽然听见哎哟呀、哎哟呀的人声音从脚下应答着过来，低头一看，地下用力地爬来三个女人，每人肩上一条粗的纤缆。她们一只手在地上爬，另一只手拖着纤缆，象拖一座大山似的把一条大木船缓缓拖动着。这里面一个是白发老妇，一个是十七八岁的女孩子，另外一个中年妇人，恰恰象三代人。她们默默的看了我一眼，我也默默看了她们一眼，我有一种想捶打自己的感觉。那条山一样的大船活活象征几个久已沉淀了的世纪挂在她们肩上，要她们拖着走，而我，才是乘风凉的一个呢。

二　福州剪影

下午四点，船进了福州港口，右边绿荫丛丛散缀着白色的、红色的西式楼房，沿山上升，左边却是乌压压的一片，烟雾弥漫，这是可以用市中心，或者人烟稠密这类字眼去形容的，中间是一个岛，两道桥把福州连成了一个完整的都市。

虽然曾经被敌人占领了将近一年的地方，虽然在五月间、七月间都曾有敌人来骚扰过，福州还是安静，所有的大小商店整天开着门，晚间到十点钟还有市面，银楼金铺特别多，南台大街，差不多隔几丈远就有一家。门面不大，玻璃柜台陈设着许多玉器、宝石古玩之类，银器比金器多。

最著名的福州漆器，情形却相当萧条，漆器店不算多，据说福州漆器的原料，如漆如丝，多从外省如安徽、浙江来，染料从德国来，打仗后，原料难到，因此漆器出产也不如从前了。

来往福州的人口还是很多，旅馆经常都是满的，这使福州的饮食店非常发达。卖咖啡、糖果、酒类的店左顾右盼，各得其所，到福州来的人大抵都不是属于生产方面的人，许多都属于所谓摩登和漂亮一类的人物，利用福州的畸形治安来此舒服舒服。一位旅馆负责人告诉我，这类漂亮人来了时，福州似乎还有跳舞的地方。自从公沽局取消了以后，米价只卖一百七十元左右，肉卖到七、八元一斤。生活比起别处来似乎不是难以负荷的重担（这自然是对于这一类无事有钱人的说法），所以新来的客人，到了这儿很自然就有了繁荣之感。

当然，这种繁荣是空虚的，也许甚至是一种错觉。福州处在敌人封锁线内，海外贸易来源已经断绝。同时在我国军事当局的安排下，福州应该变成一个军事重镇，对于物质和人民以疏散为原则，内地的货物也不能向福州流。福州不但不是一个政治中心，并且也不是商业中心了。这情形使得在福州经营贸易和航业的外国人，都把他们的机器和人撤退。太古久已走了，怡和也只剩了一个负责人在那里收拾余业，商量拍卖私人的东西好走路。本国的殷实大商离开了福州的也不少。影响所及，是许多工人失业，贫民失了都市所能投给他们的余渣，生活完全没有来源，流入盗伙的很多。除了游手好闲的人以外，一般的购买力都减低。和店员谈起来都说买卖不好，有的甚至指着橱窗说："存货就只这一点了，卖完了我们还不知要怎样过日子。"

三　福州军事地位

当它是一个军事据点来说，福州在攻守两面都很重要。敌人如果在东南一带再有大企图，他只得要在福州登陆，南下北上，可以依他当时的需要来作配合行动。守住福州就威胁着他的侧翼，至低限度使他不敢放手深入福建。浙赣战役中，敌人就在福州试探过一下，究竟因为人力不足，不能大逞。其后他一次企图由广丰南下，一次由江山袭仙霞岭，都是小有不利就马上收兵。其中的原因自然很多，但是，福州未动，也足以说明敌人当时的意向。守福州并不是一件困难事。这话也许有人要以为奇怪。福州是一个海港，我们没有海军如何说容易守呢？不过，在相对的条件之下，福州是不难守的。福州虽是一个平原海港，环绕它的后方都是鹫峰山的群岭，敌人仅仅登陆，不能占领福州，他必需运用强大的陆军，特别是炮兵来夺取那些离福州仅四十里的山的锁链，才能够说福州在他掌握。如果以有力的足够的部队守住这些山隘，敌人就不能在福州立足。倘若说敌人要利用他的海军沿江而上，扰我军的侧背，则闽江的水流是否那么温驯的欢迎闯入者，正不可知。水浅、流急、滩多，航路时时变化，这些必都在敌人计虑之中。就算他不顾这一套，则闽江两岸的登陆地点又是敌人头痛的地方。他必须由崇山峻岭中间陡峭的小路向上爬，那些小路都是只能容一个人的山径。不熟地形，来到了这里，很容易全军覆没。而我们只要运用地形在这些山岭中安下有力的部队，敌人就进退两难，唯有一死。何况长门、马尾正象一对铁的巨人站立在闽江门前，只要让它们发生作用，敌人如何能闯进福州？这是守的方面。

说到攻，在我这不知军事的人看来，似觉比守要难。主要是我们没有海军，而以目前的形势来说，我们又不能把福州当作空军根据地。不过，无论如何，福州与泉州、漳州互相依靠，完全是控制海上的形势，如果能将这一带沿海岛屿收回，首先就削弱了敌人海运的保障与持续力。在反攻的局面下面，收复厦门鼓浪屿，进而扰乱甚至切断敌人的航路，也要以福州为策动地区。这完全是就海上来说。若讲到陆路，则到反攻时期为止的具体情况，当然能够决定福州的攻势地位。现在很难揣测。

四　海盗

南海风波之恶，是每个有些傍海旅行的经验的人所深知的。大陆在台湾海峡转了个弯，水流风向都起变化，无事的时候海面都是白浪三尺，自然足以使行者相戒。不过，除此以外，海面的群岛也是旅客的灾星，盘踞在里面的海盗是完全不认人的。抗战以来，这些海盗又变本加厉了。

五月下旬，敌人发动了浙东攻势以后，就遣派了两条船和二百陆战队到福州海外，策动南竿塘、北竿塘一带的海盗进攻闽江口的川石岛。那时候，我守军只有一连江防队，很快敌人就占领了川石岛。并进占壶江岛一小部。七月中，秋收期近，海盗缺乏粮食，又来攻击琅岐——闽江口最大的一个岛，企图劫掠粮食和木材。这一次我守军某师把他好好打了一顿，狼狈窜回去了。现在听说壶江已经无敌踪，琅岐岛的守备队该已经更大大地加强了吧。

所谓的海盗说起来也很可怜。他们的军官大都是散兵、逃兵、原有的土匪——破产的贫农，以及失业的渔民，其中有少数的失志军警和汉奸参加。所有喽罗大都是无法生存的农民、渔民、小偷、流氓之类。他们大都是烟酒赌嫖样样都来，吗啡白面更是家常便饭，弄到完全无法在城市及乡村活下去，才纠伙集众去海上占一个小岛，以打家劫船为生。敌人对此情形自然是早已明白了的，便将其收买为己用，自此凡有海盗的海面和岛屿不花他丝毫力量都变成了敌人的囊中物。敌人将其改编为伪"福建省和平救国军"，一共有两个集团军，供给他们来复枪、轻重机关枪、汽艇轮船，甚至于炮也供给他们。这样一来，敌人从本国到西南太平洋鸢长的交通线就有了无数的给水站，同时既有海盗和我们为难，他就不必在这里多费兵力和船只。经常在这里的只有一条巡船，其他船只都是路过性质，来来去去，甚至于海上巡逻的任务都是由海盗担负的。除了这两点：当供应线及骚扰我方以外，海盗的第三个任务便是替敌人推广物资。敌人曾经在厦门成立了一个物资推广部，送入他们的花布、卷烟、化妆品、鸦片、红丸、奎宁丸等等来换取我们的米粮、五金、汽油、土产。交换种类是这样：（一）以花布、化妆品、奎宁换取金、银、钨、锡等，（二）以卷烟、洋酒之类换我们的粮食和汽油，（三）以毒品换取我们各种土产原料。这些海盗都有他们岸上的坐庄。

海盗共分为两个"和平救国集团军"。我们已经说过了。所谓"第一集团军总司令"叫张逸舟。此人原是仙游县的一个警备队长，在海军陆战队也呆过。因为升官不遂，下海为盗，后来供敌人驱遣。他的"集团军"一共只有三千四百余人，有一个支队、一个特务大队、一个稽查大队，另有九个大队，共编为三路军，其实不过空头名号而已。敌人给他轻重机关枪二十挺、炮五门、枪二千多支，还有三百多手枪，装备不为不好，可是他的手下喽罗大部分都是吸毒走私之流，战斗力固然不行，根本也就不大容易听号令，要解决他原不是很困难的。所谓"第二集团军"，由海盗出身的林义和率领，共有二千一百多人，轻重机关枪二十一挺，炮四门，步枪一千多支。林某海盗出身，手下人多是无告渔民，习于海上，体格强健，禁止吸毒。现在北竿塘、南竿塘一带，夜间奉敌人命令出来骚扰的就是他。

总起来说，抗战第六年中的福州，在军事上的重要性丝毫不曾减低，反而因敌人在浙江方面的进展增高了。要使它依照军事当局的意志成为一个真正据点，市内那种空虚的繁荣消耗须加以消灭。福州及泉、漳一带的军队已有了相当多的数目，我们放心，但是他们还需要更多，以便趁此敌人有事之秋，对海盗采取各种可能的攻势，将其清除，以削弱敌人的海上交通，这是准备反攻必要的步骤，不宜行之太晚。

美国札记（选录）

悼史沫特莱

我认识史沫特莱是在一九三三年春天。那时我和她在上海马路上走着，要到沪西一家工厂里去。她上身向前，一栽一栽，走得又快又有力，好象一个年青有力的工人在挥动鹤嘴锄挖土似的。我有些追不上她。她就说："你走不动？有钱人的儿女向来是不会走路的！"当时我是第一次见她。听了这话又气又难受，想这婆子怎么这样无礼。

过了十几年，我偶然翻一本杂志，读到书中一段关于史沫特莱的文章。文章是关于她在新四军中的一件事。情形记得不很真确了。好象是敌机来袭，司令部下令要她紧急疏散。在她住的地方找她不着，找她的人就跑到医院里去。发现她象门神一样怒冲冲的当门站着，死不肯走，定要把每一个病人所应准备的一切都搬走，和每一个病人都走完了，她才肯离开那个地方。

这两件事表现史沫特莱是最到家的了。她有一种被压迫阶级的自然而正义的仇恨，她绝不肯把这种仇恨隐瞒或掩饰起来。这是在她的言语行为之中一贯地表现着的。同时，正与这种仇恨相对照，她对于阶级弟兄又有一种慈母的忘我的热爱。这种正义的爱与恨构成了史沫特莱一生勇猛战斗，战斗到死的生命源泉。

从第一次会见她之后有十二年之久，除偶然在宴会上看见她以外，没能真正和她再见面过。但常常听见并且读到她在中国献身工作的事迹。八路军和新四军在山顶山洼，平原溪谷，到处打击内外敌人。他们超绝人寰的劳苦和困难，史沫特莱都以能够分担为荣。无论革命是在怎样困难的情形之下，她对于中国革命成功的信心从来不曾动摇。逢人问到八路军和新四军，她总是两眼锋棱，逼射对方，使那些原来不过是想听新奇故事的英美冒险家不得不整肃容颜来听她所要谈的一切。由于她把全身全心和人民的战斗打成一片了，因此她就成了一个天生的、强有力的人民的宣传家，不少英美人士只是由于经过她，才开始来虚心地要求了解中国人民革命的伟大力量以及这种力量的正义的根源，甚至如抗战中的英大使卡尔那种老狐狸帝国主义分子，都受了史沫特莱多少影响。有正义感的人士如史迪威、卡尔逊则因此更加倾心于人民革命。一九四六年美蒋发动中国全面内战时，史迪威致史沫特莱一封信中曾激动的说："我真是想跑到东北去背一根枪和朱德一起跟那些下流种子们作战。"卡尔逊自己承认本是一个帝国主义冒险家，但是，自从他和八路军接触之后，又经史沫特莱反复对他说明这支军队及其领袖们所拥有的历史的正义，他就痛悔前非，从头做人。卡尔逊到死是一个人民战斗员，他曾经表示过他想参加共产党。在这里，史沫特莱把中国人民正义的战斗变成了美国优秀儿女的共同立场，这一个工作是除了美国共产主义者以外，没有任何美国人能够做到的。

一九四五年我在美国再度见到了史沫特莱。虽然实质上不过仅有一面之缘的相识，可是她好象见到了亲人一样。那时候，她非常穷困（她向来是穷的），她的书卖了很多钱，可是她大把地捐输。当时美国进步的、基本上在美共领导下的全国公民政治行动委员会，艺术、科学职业工作者协会，远东民主政策促进会，都是她捐款的对象。同时她从中国回去后，经过一年多时间治病，钱是完全光了。不得已，她到雅都庄（Yaddo）去依人为活。雅都庄是以《纽约时报》为主的几个财团老板捐来作为文艺工作者休憩工作的地方，供他们食宿。本意当然不是为了收容象史沫特莱这样的人物。可是她去了以后，就运用她那不容易抗拒的吸引人的魔力和她宣传的天才，影响了当地几个大学里一部分优秀的教授和学生，把他们团结在自己的周围。同时她又影响雅都的经理，一个保守性极重的女人，要她尽量邀请较进步的文艺工作者去雅都，而避免要那些显然反动之流。她自己运用这种机会，一面写朱总司令的传记，一面又在周围农民中间组织全国公民政治行动委员会的小组。她邀请美共在当地的支部以及在产联中工作的美共党员到这些农民小组、教授及学生们的小组中去作报告，并参加讨论工作。她并且自己跑到产联的支会里去报告中国问题，发动他们讨论和捐款。一九四五、四六两年，美国承反法西斯战争的余绪，人民要求进步反对倒退的要求还是相当普遍。帝国主义反动派和战贩们还不敢公然嚣张。因此雅都当事人对于史沫特莱的行动非但不敢加以压迫，反而乐于跟着她，自己也挂上进步的招牌以广招徕。后来形势日非，雅都的反动作风也就一天天暴露，他们非但在生活上对史沫特莱渐渐扣紧，并且对她的行动暗中干涉、监视。最后竟公然要求史沫特莱停止在农民中的活动，说她暗中与共产党勾结，宣扬共产主义。史沫特莱按着她的性格，不可能学习作地下工作，她对雅都反动当局提出了严重抗议，之后就卷了铺盖，不别而去了纽约。

她在雅都的时候，食宿自己不用过问，用度如买书、旅行和捐款，则靠自己出外演讲卖票来供给，事实上是不够的。她的文章在美国久已不容易找到销路。离开雅都之后，困苦万分，借住人家也不能长久，时常要搬来搬去。饮食更是一塌糊涂，青菜面包就算一顿，有时借食，她又不愿意。可是每当远东民主政策促进会发动捐款，比如一碗饭一元钱运动等，只要她手上有一文钱，她就拿出那一文。

我离开纽约的时候，她已经又搬了家，借住在纽约乡下一对年老夫妇那里，自己种菜、写书、演讲。她很夸耀她自己所配的菜种，并把菜分送给她的朋友们。她种这份菜用意是拿来补偿那对老夫妇所供给她的食宿费用，她又每天到山野里去摘些野果来作助餐。她说："这回我大概可以住长久一些了。"可是实际上她明白她在美国能够住下去日子是极其有限了的。到一九四八年秋，美帝国主义反动派的战争叫嚣和战争准备是越来越嚣张了，大西洋公约已经发动，诬蔑美国共产党为叛国犯的问题已经数次提上了国会的议程，拘捕美共十二领袖的事正在阴谋中，《蒙特法案》已经在讨论，在反动派准备的团体黑名单上，凡史沫特莱所参加的团体，尤其是远东民主政策促进会，都已列名。与美国人民同命运的史沫特莱十分明白她的处境，她和朋友们商量究竟是留在美国还是到中国来，因为她在美国简直是无法生活，而又无法掩蔽以避开敌人的魔掌，她在美国已经不能够起什么作用，朋友们就劝她准备来中国。美国护照她是不可能拿到的，但是她如果以赴英为名，可能得到出境。这是我离开美国时她的情况。

一年多以来，中国人民伟大的历史性的胜利打垮了帝国主义的整个战略计划，从根本上粉碎了帝国主义企图恢复对殖民地半殖民地全盘统治的阴谋，并且把他们在殖民地的阵地全部暴露，使之面对着人民强大力量的攻击。这种形势逼得他们狗急跳墙，不得不更加疯狂镇压人民。因此，美国人民的进步运动以及这些运动中的领袖们，就不能不为他们追逐逮捕，而史沫特莱也就更加变成了他们的箭靶。为了对付史沫特莱，麦克阿瑟不惜亲自出马，谰诬她是国际间谍，使她若不愿甘心低头受帝国主义豺狼们的宰割，就只有离开那个被战贩、财主、特务所统治的黑暗国土向英国出亡。她绝无所爱于被反动派所统治的英国，她的目的是想经过那里到中国来，继续参加中国人民反对美帝国主义斗争。可是，不幸，她的志愿不能达到，她死在她所不愿停留的英国了！

矿工的女儿的她，五十年来把战斗当作生命，把为人民服务当作她的食粮。工作磨损了她，敌人的迫害磨损了她，艰苦贫困更使她被磨损了身体抵抗不住经常的疾病。她经常在战斗也是经常在生病的。五十几岁，一般人不应该死，可是在史沫特莱却随时都有死的可能。

她死了，一个伟大的战斗的女人死了！她不是没有缺点的。她的缺点是大的缺点。但她的优点也是大的优点，这优点就在于她随时随地、自始至终绝不畏缩的和人民站在一起，对敌人作庄严而勇猛的斗争。

史沫特莱！你活在我们中间，永远是我们伟大而忠实的友人！

一九五〇年五月北京

绥行日简

一

一年来没有旅行了，几年来没有到过一点新鲜的地方，这次去绥远实在是令人痛快的事，尤其是现在所去的地方站在无人管理的国防边上，你不知那一时那一刻它便要被人夺去，改作他人进攻我们的根据地，我们能够在这时去它那儿一游，想来真是又痛快又痛心，就我旅行的经验来说：没有一次我的心是塞得这么饱满，没有一次使我受到这莫大的冲击和亢奋，在夜色苍茫里，崇郁的山岭，交叉的田畴，大的树，小的草，那一件那一点没有我民族的血液，我国家的灵魂在里面？是谁人如此忍心将国家民族的心与血这么闲散随意的抛给敌人，如扬散糠秕一样！

前人经营这平绥路是费了一番苦心，明知是处在朝不保夕的局面里，却还要把这铁路修得这么整齐，车辆制备得这么清洁舒适而便宜，以我的（也是许多人的）经验来说：平绥路车辆的干净，舒服，便宜，应为全国第一，三等车有宽大的卧铺，车票却不过十一二元，车行又很平稳，对于旅客总算是为他们想的那么周到，用意无非鼓励人们多到这国家的边界上来多看几眼，也对它生点爱惜之情。

那天晚上写到这儿，就觉得一阵恶心忍受不住，大概因为伏桌写字的缘故，从那时停笔起直至今天又才拿起它来。

几位同伴都活泼热心，见地都颇清楚，总算是时代的产儿，有一位同学因为曾亲去丰台调查过"九一八"纪念日所发生的事件，特为我们讲了一讲。

火车在黑暗中爬进西直门车站时，他的谈话开了头。据说他是和一个外国人去的，到那儿时，丰台已全无中国兵了，"九一八"那天，中国兵士出操回营，在唯一的窄小街道上碰见了也要回营的一队日兵，习惯上，这两军相遇，也都没事的过去了，所以中国兵士全然没作准备。突然，日兵站住了，一个军官撒下马朝我们的队伍冲过来，用意原是要冲散我们，我们的兵士一时怒不可遏，就一刺刀刺到马腿上去，马乱跳起来，日军官就摔在地上了。立时中国军士全拔下刺刀，托起枪，就要杀过去，可是连长不许，他拿出手枪来指着兵士，说："谁放枪，我打死谁！"一句话没完，日兵已经冲来，将连长掳去，逼他令军士缴械，连长不许。至晚，城中来了一个参谋，和日军交涉，我军遂退至赵家庄，日军才把连长放回来。军队退到赵家庄之后，连夜赶作工事，准备迎战，可是工事刚作好，又得了命令，叫他们放弃赵家庄！退集芦沟桥。

在军队没退之先，据说已经有北平去的中国兵在丰台左近与日兵战了三小时，并没失败，而长官畏敌如虎，只要退保无事就好。现在丰台周围已经全无中国军，远远望去，只有斗大的红日太阳旗在空中招展，代替了中国军警是日本宪兵在搜查行人，镇守车站，每日从早至晚，都有日兵在操场或在街市巷战演习，演习时全无正经，都嘻嘻哈哈，跑来跑去。他们的用意全不在正经演习，只是要示威给中国人看就是。街上

102

中国居民的房屋由他们任意攀登，任意取来作假想攻击的目标，居民往往骇得抱头鼠窜，不知何事发生，日兵看见就哈哈大笑，尽量取乐。不抵抗政策是至今还不肯放弃的！

听说东北义勇军的行动愈来愈整齐了，现在几乎所有的义勇军都是有了训练和政治了解的人民革命军，普通义勇军上阵去固然打日本人，退下来就抢劫人民，为百姓所痛恨。现在都经过淘汰和训练，与朝鲜人民军及人民合作，日本人完全无法消灭他们，便设法将小村远村归并在都市的大村落里去，免得革命军有所凭藉。他们将小村里的房屋统通烧掉，免得被利用。这么一来，人民军反到好了，东北房屋多是土筑成的，火只能烧掉房顶，人民军走来将房顶重新盖上，搬入居住倒很便宜。村民都已移走，既不必防备汉奸，自己倒免得要穴居野处了，他们因此更加把势力集中起来。"满"军来攻时，向例只是朝天放枪，一闻枪响人民军便知是"朋友枪"来了，便退下来让"满"兵走入防线，送下子弹便再走回来拾取。后来日人知道有这种情形，便交代"满"兵以后打去若干子弹，便要缴回若干枪壳，这样一来，"满"兵以后就永远不开枪，因为开枪时子弹射出去了，弹壳也必飞走，无法将它一个个捡回来的，因此整个人民军的问题全得日本军队自己对付。自"九一八"以来，日本兵派去满洲的，据陆军省发表已死八万之多，但这绝不是真的数目，真的数目是只有多没有少的。

这些消息听来令人又悲愤又兴奋，我们这个民族是在怎样苦难的状况中争出路！我们的人民是受着怎样的煎熬！而同是中华民族的统治者们却硬不顾惜，没有丝毫的血心，只是私人的便宜安福尊荣。这样的局面，我们将一天一天的容留它延长下去吗？

第二天九点的时候，我们到了集宁车站，那就是平地泉，离北平时，原听说这地方是军事重心，危险区域，想象中这儿一定有不少的热闹和兴奋，至少日军是不会没有的，火车嗡嗡的爬进站时，我们都立在窗上，冷风将太阳光冲凉了，稀薄如水，注在人身上反而冰棱棱的。 脚下象有一条冰的蛇在往上爬，在用冷得和刀锋样的舌头刺你的腿，风头如一把冬天的水龙对你直射，连口鼻眼睛全被它打得不能呼吸，一口凉风窜进你的心里，你即便吞了一条死鱼也不会那么难受。 平地泉车站象是被冷风占据了，只有"集宁县车站"的木架和三两个人裹着棉袄棉裤，囚着肩膀，在那儿慢慢拖来拖去，车站自个儿独站在广漠的郊野，上面是青天，下面是黄地，天不言，地不语，人不说话，剩下的只有空气还在唏嘘哼呼，象是为了这寂寞的雾围，心里烦躁不安，远处躺着不正的三座山，影子里也是那么安定，懒管闲事的样子，谁知这些有意沉默的山头肚里藏着些什么呢？

我们不肯相信这安闲的神情，就走上站去打听打听，我的对象是站外走来的一个老头，朱祥麟却找到了一个穿制服的人，老头子摇着他那颗装不下事的脑袋，说我的问话来得无稽，提到陶林时，他才若有所悟的点了点头，随即又否认了，据说离陶林还有二三十里才有××兵，打是绝没有的。 穿制服的人倒说了些比较在行的话，平地泉有两师人，并且那三座装得没事人似的一大堆的山头，也正藏了三肚子丘壑呢？

在平地泉看见一个卖酱鸡的，一个卖包子的，包子倒是热气腾腾，给我们壮了不少的热胆，朱涛普君买了许多来吃，可以搪搪寒，这点地方真冷得古怪，丰镇警察已经穿大老羊皮袍，两只脚还要癞蛤蟆似的直跳，就在中午时，也不辞将大厚棉袄裹在腰里，虽然上身只穿一件单褂。塞外的草木已经有点转黄，但是青绿鲜红的仍然很多，草木似乎比人还要经事一点。 卓资山以西的山头，远望如笼着粉色的轻纱，又象女人擦了胭脂那样艳艳的，火车不使我近前去看，我是一直的怀着个谜，以为阴山山脉，怀有红云呢。等到再朝西去，穿过了几处山径，我才大大的领略这红云的色相。遍山崖上全是细矮的红枝红叶，黄枝黄叶，里面夹着细条的绿草，有苍的，有翠的，也有嫩青、深紫和浅黄，密密穿插，织成一片彩幛，垂在车窗外面，伟丽精致，全不缺乏；自然景物，能安排得深入人们的心情，绝不是人们所能揣测的。

塞外树木几乎全是白杨，不知是否土地气候适宜的原故，要不然天公为何会这样好事，特地要叫这哑巴草木来陪伴他的悲风呜咽？或者也许是造林人有意要附和风雅罢！绥远新旧城之间，那条长长的马路，就差不多全是白杨夹护着，老子骑青牛出函谷关，不知也曾到此地来了没有，听见这白杨的哀泣，他怕也要嫌造化多事，做作无聊罢！

到绥远的那天，恰好神照顾，没有呼风唤雨。天的样子真美，人也凑热闹，有几顶透明的玻璃花轿把挂红带花的新郎孩子和珠翠满脸的大新娘送到我们眼线里来，叫我们看了个饱。花轿前面是吹鼓手打锣鼓的，一个个倒很精神。不过并不象北平那些送嫁人包上些破尿布似的红线绣呢袍，就象土地庙里走出来迷了路的土公土婆一般。花轿后面还有大队的骡车，有男有女，带着大的胸花跟着，这又和北平不同，就是我们那边也不这样，不知他们是迎亲还是送亲的呢？

吃饭是在一家羊肉馆里，我们以为此地出蘑菇，要了两盘，结果糊糊涂涂的被他算去四元，这古丰轩想是本地人开的饭馆，生油味重极了，可是鸡子儿却了不得大，跟鸭蛋差不多，有的还要大些，在院子里，我们发现一个大地窖，里面挂着有几只宰了的鸡，一见了它，不免想起了顾大嫂的人肉作坊，寒毛就直竖了起来。后来听伙计说，那就是他们的冷藏室呢。缺少水，不会藏冰的地方，只能使用地窖的方法，顾大嫂之流的人物，想来也是从这儿学去的罢。回来时，王日蔚君买了两大子野葡萄，金黄的小珠儿围缀在灰色细枝上，倒很出色，看见小孩子们吃的津津有味，我也摘了一颗放进嘴里，可是立刻就吧的吐了出来，犹觉一口酸味无法洗刷，敢情这金玉其外的东西，是除了一点酸涩的汁液，什么都没有了的。

绥远有新旧两城，新城大约都是政治军事文化机关所在处，旧城则买卖特别多，吃食店、绸缎店、药店都集在一条最繁华的，有些欧化的北门内街上，在那儿也有三层楼的西式建筑，也有新式的浴室，电灯，电话，无线电，看来象是很热闹，很近代化，可是留心一看，就知道这种近代化全无意义，我看见一个大夫的广告，借重了北平医生的大名还不算，还要连那北平大夫的官衔都写在头里，这样那条广告就成了某某中央机关某长某人之代理人，某某某某医生。又有一次听人讲那儿的小学生毕业，家里也有人报喜，就如中了秀才似的，报条上写着捷报总司令某主席某厅长某所办某学校捷报贵府某少爷毕业等等。中学以上的毕业生当然就是绅士，在抄袭来的近代文化里面，所有的实在还根深蒂固是这种封建官僚的升官发财心理。这种心理原是中国各处都有的，却不象此地表现得这种堂皇显露，恬不为怪，而且这种心理至今还濡染着一部分青年。据一位当地人说，当有时考问大学生中学生的求学志愿时，他们就答说求学就是为了回来好作绅士。这种现象是很可悲的。国事如此，绥远处在这国防前线，正在死生存亡的关头，青年们应该是国家的一分实力，对于这种局势应该抱有积极的态度，作有意义的表示，也显得民族精神的作用，可是实际上这边的青年们方面却仍是寂然无闻！这种现象若是作绅士的心理所致，则教育者与外埠的觉悟青年应当赶紧承认自己的错误与失败，应当赶紧起来救济，救亡工作若不能普遍的散布于首当其冲的国防边界，普及于穷乡僻壤的知识分子和非知识分子，若只是几个大都市的文化界学生界来弄，是很没基础，很难收效的。必须整个青年整个人民都起来，尤其不可放弃了处在最前线的落后分子！

人人都知道绥远市，绥远呢，人人也都想要看它一看，我们也就是这人人中的一分子，承建设厅毛织厂李工程师很热心地招待我们，把厂里各部分都走了个遍，又仔细的讲给我们听，我们才能有个比较清楚的印象，厂中的工人男女小孩一共有一百多人，每天工作十一小时，工资由七元半到三四元不等，比起外埠大厂家来自然不算大，可是在绥远毛织中就算唯一使用近代生产方法的制造厂。织造的东西主要的是床毯、车毯、军呢、普通毛呢，至于我们常说的绥远布还是其他手工业作坊织的。工人生活推测当然不会满意，尤其是分毛的女工小孩成天被毛屑喂着，包围着，嘴眼鼻耳无处不盖满了又脏又臭的毛绒，脸上全没人色，和豆纸相似。一个个精神萎靡，躬腰缩背，象枉死域中的幽灵。这种作羊毛的女工，以我想来，只有比纱厂工人更苦，更容易受病的。可是她们困于生活，无法躲避这种病险，人生到了这一步田地，实在不能算是人，只能说是一种比较灵便的两脚畜牲！他比机器更苦，因为机器受苦而无知觉，他比牛马更苦，因为牛马比他更结实，能抵抗。人受苦到极点的时候，真是会失掉人性，连抱怨诉苦都不会时，人真变成了一头灵魂上的牛马，只会哑着嘴，呆着眼，将牛马来看承自己的。一个国家能把自己的人民造成这种实质的牛马，这种国家，这个社会还能说有存在的理由，真是宇宙间永不会再见的奇闻！

绥远在外表上，颇见得出一点朴素。在火车上沿路来时，就只见有七零八落的黄土小屋，被灰尘蒙蔽着，伏在荒野山脚，老实本分的可怜，还以为是乡村气象。及至洋车走到归化（旧城）城大道上时，两旁仍然是一些灰黄苦脸的旧土屋，房子多半没有横梁，用黄土和晒砖作成的居多，偶有用木头之处，无非作门窗之用，而门和窗又是很少的。象这类的房宅，无论或大或小差不多都有个很大很大的院落，院中黄土满眼，高低不平，牛马骡车全可以停歇在那儿，牲口也就在那儿用草料，拉尿拉屎。稍讲究点的人家，大门里面还有一块黄土照墙，次些的都是从马路上就可以望见内室。房子照例都是很矮的。乡村人家，土篱不过二三尺，土屋才可一人高，有的还不到，居人走进屋去时，男人们准得低下脑袋，先把头钻进去了，才不致碰壁。

新城的各种机关，也都极其简单朴质。一个晋绥长官公署不过一所很小的四合房，属于政府机关的绥远日报社，除了有一个铺满了石灰鸟粪的大院落之外，就是几间未经髹漆的白木办公室，也许这房子还是新的建筑吧，但就这房子的姿态看来，无论如何油漆它，它也是不会有怎样漂亮面孔的。至于省政府虽是一省的观瞻所系，也还说不上象北平公安局那么张皇。一切方面，都见得出一种朴质不华的态度。当然我们知道，绥远整个从长官到人民的质朴表现，都有着决定的经济原因在背面，人民居处的草率简陋，不是我们所能满意的。

只有旧城的北门内街，显得五光十色一点，房子也不是那么浅露，在这里算是有了一点文化的意味，但同时也带来了病态的、表面的华丽。据说绥远的商店没有一家不是在愁眉苦脸中过日子。有许多铺子，卖的钱不用说赚，连开销都不能支付，年终结帐，没有赔大本的就算买卖好。市面萧条到了极点。我们留心看去，简直少见有人走进一家店铺去，只有一家电料行，倒是门口天天日夜挤满了人，那里有粗野的无线电在弄沙嗓子，刮得人耳膜生疼。市面萧条的原因有好几种，交通不便，情势不稳定，使人不敢也不能放胆作生意，都是理由；最要紧的还是因为没有生产事业，消费者的力量也很有限，很薄弱。绥远除了官办的一家小小毛织厂外，并无其他工业，市面只靠些消费贸易来维持，消费者的机关职员多往平津一带直接买东西用，本地作小买卖的往往衣食之外，不须，也不能置办什么消费品。至于主要的消费者农民，则年年荒歉，今年又遭旱灾，高粱只长得二三尺高，眼见得收获微末得很，完粮还来不及，那有余钱买东西？即使年岁好，如民二十年时，谷子每担只卖八毛钱，每人每年要三担谷食，再加一二元的衣服费，四元钱可过一年，可是谷贱伤农，往往谷子卖不出，就连八毛钱也不能到手。近年来每年灾害，谷子卖到六七元一担，平空每年每人生活费增加了十六七元，而又收不到谷子去卖，又那有钱去作消费之用呢？

市面萧条，省府的税收减少，自不得不从别方面设法。绥远当新疆与内地交通的冲要，每年由那儿有几次骆驼队转运羊肠过境，这笔羊肠税，也就是一项收入。此外就是鸦片亩捐烟灯税、花捐等等。据说上等烟馆，每月纳税在二十元左右，最下的也要八九元，所以烟馆很多，老少壮年都常常一榻横陈。我们曾亲见有穿中山装西大氅的青年，也躺在烟榻旁边，不知是醒是醉，景象很可惨。

听说绥省每年的收入，都直解太原，以后，再由太原发下省府的经费。既然如此，当局者似应该为国家万年之计设想，把这种黑籍捐税完全取消，好在绥远上下官民都十分朴质耐苦，不怕牺牲，当局者何妨宁可核减一点他们的经费，将这毒税取消厉行禁绝毒物？似这种一边唱禁，一边要派烟亩捐，其结果，是非到民族消亡不止的！

西北人民生活之苦，大家耳中想来已不生疏。土地荒芜，缺少水源，又加旱蝗雹子，绥远一带几乎每年必灾。十顷之家，往往收不够食。有几顷地的人民也都是披一块，挂一块的衣不遮体，终年手足胼胝的在地里劳动，所吃的不过是油面，土豆，小白菜，老盐冲水而已，这还是土财主的人家，赤贫的人家每日只能熬极稀的糜米粥喝，没有盐也没菜。（糜米是比小米玉米更坏的一种粮食，形状很象小米，但是价钱并不便宜，也要三十子左右一斤，绥远一毛钱合四十枚，糜米也就几乎一毛钱一斤了！）北平人的窝窝头，此地人都想不到嘴。所以人民多半是精神不振，面有菜色，很精壮胖大的结实农民倒是少见。

以上所说还算好的，是年岁比较不太坏的结果。若当大旱如西北五省大旱灾的那年，绥远的的确确是人吃人，饿倒在街头，气未断，腿已经被人咬去了一大块。还有就是卖。三十岁以下的一岁一元，以上的递减，到五六十岁时，三四元钱也可以卖给人了。这种老女人多是口里孤老人来买去，预备自己死了，有人陪尸哭灵，还有买女死尸的，那是准备自己死了有人合骨同葬。这种合葬同穴的观念，在人民中间有如此魔力，是改造社会的人们值得注意的事。许多人不爱旅行，安土重迁，没有冒险性，都是这一点迷念在作怪。其实人已死了，知觉已没有了，不但合骨归葬与否你不知道，就是人家将你的骨头如何处置了，你又何从得知？生既然是为人而生，自己终不能得到享受，何必在死后反以枯骨害人？

绥远耕地不多，土质好，可是因为水利不足，耕种方法未改良，未垦的地，固然毫无出产，已垦的地也是产得很少很少。地价极贱，有的到三四毛钱一亩，有的一二块；近城附郭地方，因为交通便利，水源足，种植青菜和杂粮，出产很多，那种地也贵至一百元左右一亩，或六七十元。不过一般说来，种地面积，还是太少，农村稀疏，往往大片平原杳无人烟。树木在城区之内种植得非常好，又整齐又多，尤其是城外几条大道，肥绿夹护，蜿蜒不断，望去象一条壮硕夭矫的青龙。可是一出到郊外，也就寥落极了。绥远左近地亩草地少，农地多，所种的大都是油麦，据说这东西的养分非常好，其次是高粱，种地的牲口还是牛占多数，其余多是马或驴。我们到时，农人正要翻土下麦种。常见田土上一个辛苦的农人扬着脸儿，架着一对牲口在那儿迟疑的，慢吞吞的犁地，象有一团黑云照住了他的眼光，看不清前面的道路似的。

　　现在，该讲到绥远的形势局面了。我们还没来的时候听到了关于此地种种的传说，总以为这里必然是很不可终日的。我因此扩大自己的幻想，甚至以为铁路有被截断不能回去的危险。谁知道我们把担心的眼光望着此地，绥远人却将上海南京的情形挂在心上，对于本地，反倒处之泰然，没事人儿似的。事实上，为害绥东的现在还只有王英、李守信们一般汉奸。他们的匪军现在离陶林几十里的地方，曾经有过要来绥远吃月饼的大言。现在当然只好把这月饼放弃了。日本因汉口、上海等事件，精神不在这方面，并没有调兵过来，只在策动这些汉奸活动，最近又无事生非，平空占领包头一片地，要建筑飞机库，被县政府派兵制止了，逮捕了许多工人，现在这件事还未解决。我们去那儿看了一趟，老远老远就看见平沙广漠上，耸起一座纯钢筋的雄伟建筑，象一个耸身蓄势，待要猛扑上去的饿狮，旁边不远伏着一片卑微的黄土房子，象要钻入地里的田鼠儿似的。这种情景正象征了几年来我政府与敌人的关系！在我们的土地，我们的原野上，居然能容许这饿疯了的兽物来盘踞，赶得我们的人民无处可以安身，这种耻辱即使我们将来能把它完全洗尽，可是它的纤维已经深刻在我们的肌肉血管里面，已经织入我们的灵魂里了，这是我民族永生永世的伤痕！本来敌对我们原无硬干的实力和决心，凡所举动，不过借事生端，虚声恫吓，企图以积威劫中国，唾手而灭亡我们。我们若一有退让，敌人便立进一步。弄成秦与六国的局面，使我们"日削月剥以至于亡"。我若窥破它的计谋，便宜以全国的军力坚守阵地，以全国的民力组织后方，应用各种可能的外交手腕，不惜对其他国家作实利上的牺牲，以爆发他们和敌人之间的积久矛盾。同时努力与国内各种××实力合作，进行对方壁垒中的宣传工作，以策内应。这样，战事上的胜利是完全在我们这边的。因为我们是以全国在拼命，敌人却仅靠几个军阀横蛮抢劫；我们是以牺牲为光荣，敌人是以送命为上当的。自古以来的强弱之势，未有如我们和日本这么对峙得鲜明的了！

在绥远这方面，准备工作，已经做了不少，陶林内外沿大青山全建筑了坚固的攻势，平地泉也有了准备，高射炮也到了不少，尤其要紧的是绥远的士气如虎，人心安堵，大家非不知有战祸在前面，却都安心的等待着，好象等着过大年的样子。全中国的儿郎们，齐把你们的眼光转到这儿来，我们是要以全国的力量，死守绥远的！

日本人在这儿也并不疏忽，他们不但遣派了许多浪人来，并且有经常驻在这儿的特务机关，羽山公馆俨然想在这儿作太上皇的样子。无论什么事它都要伸出一颗头来探望探望，管一管。若不是绥远当局坚毅稳定，绥远在这批先生的捣乱之下，不早变成察哈尔了么？国内实力派们，应该注意这一点才对，我们万不可使守边重将感到物力与精神的薄弱。智识份子们，应该多多与边城守将发生关系。由各方面给他实助，给他力量，使他感觉在他的背后立着的，乃是中华整个民族，全民族四万万五千万铁掌，都朝这方面伸着！

最后，要说几句，不是时候的话了，虽然不是时候，可是一旦松口气时，这些事也都是很要学的。

绥远省面积不算小，有十七县和一个特别区，可是人民却只有二百多万，这二百多万人民主要的还都集中在绥远城、包头这些大城市周围，两处城市连村落的人口，听说就占去了几乎五分之一。其余散处村县的数目真是微乎其微（同时又因为水利不好，工具不行，大好土地往往变为无用，为敌人所觊觎。 包头事件之发生，也因为是荒地，便于占据的原故，以这样地旷人稀荒榛满野的地方，实在没有建立省治的理由。 昔美国开发西部的时候，并不曾一来就在那片空地上建立个有名无实的省份，来位置职员官吏，人家是老老实实当它一个开发区域白去投资，决不是当它个文化经济区来设治征税的。 我们今日的西北所处情形，只有比当日美国的西部更糟，我们却当它一个省份去处理，太不合适。 我以为绥远应该撤消省治，老老实实改为垦殖特别区，专就屯垦，畜牧，造林，开辟水源四件事大规模用国家和私人的力量来举办。 一面在这儿兴办大规模的毛织厂、制革厂以及羊肠等等贸易。 在这种开发期内，绝对免除一切捐税，将这儿变成一个生产的，而不是消费的所在。 以现在的情形看来，绥远有许多旷地，有大片肥美的土壤，可是畜牧垦殖似乎都还要留给他人来代庖，连一个小小的毛织厂，每年还得由新疆进口大批的羊毛，才能开得成工，这是多么没道理的事！我们若是能保守这块土地，好好经营起来，西北真是遍地黄金，以后人家不用跑到美国西部去拾那宝贝东西了。

十月五日晚于包头

二

一行人在绥远住了两天，每天大家分头东奔西跑，走马看花，除了收点极新鲜又模糊的印象外，最多也不过只能多贮藏一些根据印象自己造来的谣言故事，准备带回去骇呼一下好奇心很大而又不能自己去看一看的人们。既是如此，所以同学姚曾依邀我们去看青冢，我们都勇跃奔命，好象那一代美人的白骨正站在青冢上对我们招着手儿似的；要不然总也有她的灵魂儿由大黑河的水纹里钻出来朝我们点头吧，我们真是一股子那份见神见鬼的热心。恰巧我们的车是省政府派出去勘察公路桥工的，走过一道桥，它就得停一停，有人下来视察，视察了几道桥，我们也就得视察几次自己的忍耐，妨它也不结实。桥工视察完了，回来登上那峨峨高耸的土峰时，我不觉叹了口气。细听听，千载琵琶的哀音似乎还能由周围白杨叶里听得出来。这人的伤心，怨恨，苦闷和抑郁，几千年之下的白杨还能那么清晰哀怨的吟呻出来，难道美人昔日的怨恨就是我们今日的煎熬，难道昭君就是我民族的怨魂么！？

站在青冢上面，大黑河象一条焦裂的伤痕，横陈在平原中心，敞露在旷远的天宇下面，没有树林为它摇来一些清凉的嫩风，没有山泉用泉流淋洗它枯裂的伤口，没有掩护，没有遮闭，它赤裸裸暴露在地平面上，象一个失掉了灵魂的女人赤身露体躺在众人眼前；象一个抛失了勇气的战士，甘心缴下武装，躺下待人宰割！这条不知羞耻的河流，它那吞咽过昭君一胸怨愤，浮载过民族怨魂的水源那儿去了？！它为什么那样苦脸皱腮，老婆儿似的增加国家的伤痛？它怎样忍得心看守那片弯阔孤苦，焦渴秃黄的平原，舍不得带给它一丛绿林，一片青绒，尽咽着一泉水，不肯令它流灌到大地的血管里去？这无心肝缺感觉的河流！它不是条淘气费心的浪子黄河，便是黄河也有心在河套绕个圈儿，干点人事；它也不是条不知人间痛苦的长江，便是长江它却终年到底（除了最近几年）浮载过国家的生命，民族的命运，可是那饮了美人血的大黑河却那么坦然的玩味着荒漠，寂灭，与整片大地的凄凉枯焦，以为那是它的一笔得意文章，这不是极其可惨，极其无耻的怪事么？！

昭君冢听说有两个，在包头的，据说是衣冠冢，要此地的才真有千年人物在里面，草色常青，所以叫做青冢。其实冢色仍然是黄的，那青冢的话儿不过表现在杜工部的一片诗境而已。冢身特别高大，以它来藏护那点为民族而死的精神体魄，倒是谁也不妨点头的一件事，至于讲到它的真假是非，除了历史家之外，要这么考究的人必是要拿脑筋去和一堆土拼命，以为它冒了牌，造了假，这样人不正是莎士比亚笔下一位最好的角色么？

昭君冢上下来，我们带便走到一家农户去参观。那是有了一顷多地的人家。听了这话，你总得在心里为它准备一个大庄宅吧，砖墙瓦房，相当的厅堂院落，长工男女吧，不，要那样想，你得往南边走，这儿可不能招待你。在这儿转过土篱门去，你若以为自己的鞋有些高贵，你就得留心照顾地下的马牛粪，人家可不管替你收拾，人家用手抓捡屎粪，就和我们用手舞笔杆，抓馒头一样。在这夹屎夹粪的院子周围，也有牲口房，也有人房，作法材料都差不多，就差牲口的没有墙门，人屋里还多了一片万能博士的漫地大炕。还算跟祖宗住在一起的人享福，那里还多了一只神柜子。他们正要吃饭哩，锅里闷了一锅土豆，马粪团儿似的；炕上一大碗开水抄过带黄的青菜，一碗羊粪似的烂腌菜，一个碗底托着一点老盐，这是百亩之家的食物！孟夫子的什么百亩之田可以几十者衣帛，几十者食肉的话，在绥远不知要打几多折扣。绥远今年的年岁又不好，高粱土豆全是瘦小不堪，收得又少，农家人真没日子过，他们的小孩子有的上面穿棉袄底下没有裤子，有的上面打赤膊，底下穿棉裤，猴着腰，仰着脸望我们，更小一些的便将赤腿缩在他姐姐的衣服里面。收成不好还不是唯一的麻烦呢，他们所最怕的还是要费（捐税），要草，要车马的，他们不知道来要这些东西的是什么人，什么机关，总之来要就得给，等到这边刚给完，那边独立队（土匪的称呼）又来了。问他独立队是谁呀？他不知道。再问，你们是那国的人哪？他说："噢，庄稼人呵。"他们就知道自己是庄稼人，管他大清，民国，东洋，西洋呢！

由昭君墓回来，我们不久就收拾去包头，为这件事我们还着实蹰躇了一番，不知段绳武先生会在哪儿，我们将怎样去找他呢？我们来以前，是有信告诉了他的，可是他很忙，五原和河北村都有他的工作，若他已去五原，我们怎样和他接头？未必又抢到五原去？因为我们去的目的原是要参观他的乡村，不见着他，看什么呢？所以一到包头，我们便到处打电话找他，结果发现他已经亲自在车站上接了我们有三天了！这是多对人不起，多笑话！段先生的形体象一个极大的橄榄，可是待人坦挚亲切，温恭有礼，决不象个杀人如麻的凶煞军人。他说起话来，于亲切有味之中，常常有一针见血的见解，可是人家对他有所批评讨论时，他也极谦厚的接受。他爱说话可是你不能讲他是徒尚空谈的说嘴家，不管他作的是什么，他见到了就动手，这一点我实在自愧不如。据他自己讲，除了十六岁以前在私塾念过几年书之外，便没有再入学校，而志在救国，弃家投军。从那以后，他过了近二十年的军队生活，转战湘、鄂、赣、闽、江、浙间，足迹几乎盖满全中国，由行伍弟兄，升到师长的地位。这样戎马倥偬的生活，这样的缺少机会与书本知识发生关系，他却能保留住一颗敏感的心，时时追问自己生活工作的意义，把一双匆忙的眼睛转到这荒凉没落的河套来，作无人过问的移民事业，这个人活得真是值得，真象个样子。我把他拿来比自己，就觉头痛，离了书本，离了纸和笔就觉不能作人，这种病不知怎样种上身的，心里不是不觉得这样无味，就舍不得把它治好绝根，一天离了书案子，就好象脑袋都胀得不知方向了似的，弄到好象自己的存在就是几张稿子一支笔，倘若要把这些丢了，就如是一种了不起的牺牲，这是干吗？

包头夙称西北一个较大的都市，我还小的时候，已是常听见它的名字和冯焕章先生连在一起，就觉得很有意思。在绥远时，听人说包头比绥远外表更近都市，它有着北平瑞蚨祥式的大商店，有几条热闹大街，车站也特别宏壮。这印象太华贵了，实物一接近它时，就显得很原始，很简陋，西北建筑材料主要的黄土，越往西去这情形越真，绥远城墙还是砖作，到包头已是土垒而成，矮小得如一道围墙，常人很容易爬上去，城内有一条闹市和绥远的大同小异，在那儿作买卖的似乎以旅馆为最多，山西色彩非常浓厚，大部分人口据说都由山西而来的，有不少商店旅店都喜欢带上个"晋"字在它的字号里，象什么"晋丰源""晋阳楼""晋西旅社""晋"……真是触目皆是。山西人本来会作买卖，他们的殖民力，冒险性看来也似不小，有人说绥远就是山西的殖民地，这话看来不大错，可惜这种有生殖经营力的山西人民却没个强力的政府站在他们后面，现在敌人处心积虑图绥远，简直想把它变为他们的殖民地，山西人无拳无勇，万一绥远有事，山西人就有步南洋华侨后尘的可能。皮之不存，毛将焉附呢！

讲到近代化方面，绥远似乎是力仿摩登，包头则是勤守旧风，这情形可以绥远饭店和包头饭店两旅社作典型的代表。前者完全模仿平津饭店式的西洋建筑，其中设置了跳舞厅，现用来作演电影之用。包头饭店却是"庭院深深深几许"的道地中国房子，往地面上发展，不往天空里去，形式素朴，没什么彩漆油画，房子的构筑也很简单，房顶都是没有横梁的，用草与泥作主要材料。在我们见多了饭店洋楼的人看来，这样一个素朴的所在，觉得很有意思，比那费力不讨好来学人家西式东西的，要体面舒适得多。

包头有一点不如绥远，缺少林木，损了它多少美观，绥远的树木原不能算很多，可是那夹道云阵足可以傲视全国的大都市，包头却几乎是个秃头，看去苦得很。包头也有不少财主，除了经营业务之外，何不分点钱来殖林？钱虽不能马上收回，可是十年之后，它的利益也可几倍，光为私人打算，这件事也不是不可干的。绥远的树长的那么又茂盛又高大，令人疑为几十年以上的东西，问起来则民国十三四年左右冯焕章先生所种，也不过十来年的工夫，当日的嫩枝细芽已经筑成一道广厚的绿城了！

那日晚上，由于段先生的好意，我们由霉湿的晋西旅社挪去了包头饭店。在我们对面恰巧有天津益世报西北旅行团住着，他们是由阴山背后过来的，打算再动身往宁夏去新疆，绕甘、青、川、陕而回，住在这儿等新疆的护照。团长阎祖吾先生听见我们来了，很高兴的走过来谈话，述他在山后所见蒙古人的情形，活龙活现，好不有趣。据他说蒙古男女都精骑术，女人高大健壮和男人无异，在他们中间没有要饭的乞丐，也没土匪，大部分还是游牧生活，养马牛最多。家居平常有客人来了，便献上奶饼，奶皮，酪糖，客人吃完了，抹抹嘴，不说话，也不给钱，通常是拿腿就走的，倘若他不走，坐下，掏出根纸烟来燃上，送给主人，主人必很高兴的接来，抽一口，又恭恭敬敬的送还给客人去，有时他把烟接下来就奉上自己的鼻烟壶以作回敬。他们没有货币，见有客人带来可用可喜的东西，比如说毛巾手绢罢，他见了爱不释手，便会走进去抱一只小羊羔来和你交换，你自然不好意思受哪，你拒绝，他也不强执，你白送他几条手巾，他也只笑笑的收下；若是有人在这儿使用在饭馆里冲锋会账的态度，以为可以名利兼收，他真叫碰了霉气了。

阎先生是黄埔出身，他又主张骑马是往西北去的必要技能之一（其余两项是打枪和照像），所以他也有一般军人的嗜好，爱马。他津津的跟我们夸奖他一匹好马，毛片怎样，性格怎样，跑的本事怎样，可惜我是门外汉，许多地方听不懂，懂了也记不住。以我的耳朵作见证，我只听见他讲那马有一次正在奋鬣电驰的飞奔，恰当路心有个老女人站在那儿，它便由那老女人头上腾跃而过，把马主人骇得几乎心裂，可是转回一看，那女人却还好端端在那儿，扭着头愕然的在看那狂驰的马呢！

　　因为他讲马讲得那么热闹，我又从来不曾开过荤，就说好第二天去骑马试试。朱祥麟君的本事，倒借此大显露一下，我则不过尝尝而已。初骑上去时那栗栗若将陨于深渊的滋味，怕是谁都想得到的，而最不对劲的还是你坐在马背上却受着马的支配，它要走就走，要站就站，它要上天，你得跟上天，下地，你得跟下地，坐在上面，不亚如迎神赛会中，抬着满街跑的一位关菩萨！还没有那菩萨那么坦然，那么安逸，心里直怕得罪它，又怕怎么一歪，从鞍子滑下来，才真是笑话呢。

　　包头也有敌人的特务机关就住在包头饭店中叫做××公馆，这公馆手下大约还有不少受支使的浪人散居在饭店其他房间里。这些先生们虽说是在这儿办着要公，也有闲时在这儿陪妓女叉麻雀，抽大烟，有的都抽上了瘾，舍不得走。旅馆里常常闻得烟味四流，都是一般大烟同志散布出来的。听说这些特务先生们都是特派来助我们"防共"的，所以他们用大烟把脸涂黑了，把精神叫大烟熏得飘飘渺渺，以备可以作神出鬼没的工作，倒也是深谋远虑的表现！

　　在包头的日子呆得真匆忙，头天晚上到，次日早上便要赶去河北新村，以致什么地方都不能去看。及至下午到了新村，摸黑的看了看，次日五点钟又奔回城里来坐汽车去五原。在走马看花之中，包头的那场走实在比跑还快，不用说看见花朵，连颜色都来不及瞟到。

去新村道上的骡车，也是第一次的经验，说起来，好象比五原路上的汽车还要舒服得多。骡蹄得得敲合着那咕哆咕哆的车轮声，象原野的土壤在和我们叨罗闲天，一颗头摇摆碰撞，毫无着落，象一个失了家不知世故的小孩，到处碰钉碰壁。可觉得这么碰出来的几个小包，倒是自己的新鲜收获，摸一摸，软软的隆起在手指底下，似乎比那平平无奇，硬硬帮帮的旧头角要丰满有滋味，以为似这么星罗棋布起来，不妨认为是自己发了点小财。当然，骡跑的愈快，捡这类小棋子的机会也愈多，并且那爬高落低，忽而上穷碧落，忽而下落黄泉的经验，也使你不妨把临邛道士壮游中所见的世面拿来咏味一回。若是你不想令自己委曲，你可以将车后厢用被子垫得高高的，委屈别人一点，自己躺下来，这时你不妨想象自己落入了一个摇篮里，不过你千万不要抢位子似的，得着地盘，立即躺下，舍不得花点从容，来把后厢垫得厚厚的。若是不听话，只顾心慌不管许多，那么你总得多备下几个天灵盖，免得人家说出门人自己不会照看自己。

路上经过了日人所遗留未完成的飞机库，又高又大，全身钢筋毕露，蹲踞在那儿，旁边还堆着许多木箱，里面不知是些什么材料。有两个中国巡警在那儿看守，据说县政府曾把建筑工人全数逮捕起来，派来的军警都气不愤，和日人混打一阵，把他们全打跑了。那事以后，他们便施出恐吓的故伎，俨然声势暄赫的和省政府提条件，并撤走了特务机关长和大部侨民，摆出个要打架的样子，谁知结果却也无声无臭。截至我们离开绥远，这事还没结束呢。

此地的黄河，看来要比河南所见的起劲一点。山东的我未曾留心，但平汉路是走得很熟的。一过那大桥，我就感觉黄河是一片水沙漠，在那里你见不到河身，见不到河岸，沙中冒水，水里浮沙，一望平坦，有时便在那平原中心躺着线一般一条小溪，那就是黄河的真身，中间偶有一两支小划，象搁在沙滩上的旧鱼，已经连挣扎的意思都没有了似的。拿这样的河流来和长江摆在一起，除了是因为它害人的本事出色以外，真说不上别的理由。可是你若要将那样的印象搁在包头的黄河上，就大不对了。黄河在包头，颇象个当家人的排场，宽宽荡荡的流下来，情形很是浩瀚，它载起了沙洲，也浮动着宽大的平头船，岸旁有许多的人在叫唤，青色的天空中耸起树林似的樯桅，深玄的地上有赭赤的脊腰在跃动。这时上游正到了一排牛皮筏子，停在岸边卸货，两个人精光了脊梁抬进一只挤得肥胖象猪肉店掌柜的牛皮包冲着我走来，那牛皮包四只腿扎煞在半空，象要抓人的夜叉，把我的马骇了一大跳，一把不住，这畜生一双前腿跪在泥里去了。我就顺势下马，跑上那牛皮筏上去看看。说也奇怪，你把牛皮包四腿落地，远远看去，定会当它一口了不得大的口外大猪，倘若猪与牛能长到这样肥实。它们还能有生命没有呢？听说北方人喂填鸭，关着它不许活动，每日在意的将高粱作食条填进它肚里去，它吃不下，便提起它的颈子往下勒，务使它饱到发晕，肥到骨熔，才有特制的焖炉去伏侍它爬上人类的杯盘去。这样一想，我真能同情那些讨厌肥胖的人，从前把他们减食少餐看成无聊趋时的心理也消了许多。原来无条件的肥胖表现着生命的死亡，据说苏格拉底一天只肯吃一顿饭，这老头儿事事比人看得早一步，不过他也未免太作的出来了。

整套牛皮打牛头那儿褪了下来，就是一个带腿的口袋。口袋里塞满了羊毛或驼毛，将口缝起，翻转来令它四脚朝天，然后一排一排把许多牛皮包摆好，扎紧，就成功了一架牛皮筏，和我们的木筏差不多样子，可比木筏更上算，因为木筏虽能自己漂浮转运，不使人累赘，它却不能运载其他货物。牛皮筏既运载了别的东西，同时它自己也就被当作货物出卖了在包头，虽有一部分仍然又运货带回青海去。

黄河的平头船也是包头颇出色的交通工具之一种。切去一个胖西瓜的两端，将它直剖开来，你便得了两只小形的黄河船，它里面没有什么舱板，船皮象薄木片，斧凿的痕迹全然裸露，没有刨修，没加任何漆染，连根桅杆也全是几股歪歪扭扭的木头接成的。船身又大，走起来慢得要死，活象一只快生鸭蛋的鸭母，不怪黄河岸上的纤夫那么辛苦的去拖它，象拉着一个世界在他们背后似的，生在落后地方的人民真苦。

车马空东，忽的惊起一群野鸽，飞过眼前，听见后面劈把两声，知是阎先生在试他的能耐。问起来，据说打得了几根鸽毛，我们都笑了。

下午两点钟光景，我们才到了新村吸水场。这吸水场离新村还有二三里路，全是新村自己作的。由黄河开一条渠到吸水场口，口上套十架左右的木制水车，由一个电力发动机运转，电力一通，十架水车一齐哗哗鸣动，滔滔白水喷沫吐星，如几位出色的希腊青年演说家在群众面前竞赛演讲，珠玉齐泻，星月同飞，再加那或响或脆的音调，汹涌滂沛的声势，令人站在那儿就想不起走开的念头，水场后面有个小小蓄水池，通过一条大渠流贯到田里去。我们在那儿站了几分钟，渠中已经哗唧哗唧的流起水来，比绥远城外所见几条河里的水并合起来还要多。据段先生说，这一架电机能使动六十架水车，而管理它的却只要一个人！那乡下两三个人并力蹬一架水车，累下来的汗流，比车上来的河水还要汹涌，和这个比较起来，多少筋力，多少焦急，多少时间岁月是浪费了的！而且这过度的浪费完全没有代价，没有意义。人民天天是这样浪费，月月年年是这样浪费，并且不但年月，一代代，一世世，都是这么为了一点可以极不费力的事情，拼上几条，几十条几百条生命，换来的不过一些糜子米，粗糠，榆树皮和几件千层衲的破布褴褛而已。别国人民是在生活，我们的人民老是在磨命，生命在我们观念中，似乎是久已没有地位的贱品了！可以毫无代价的拿去浪费的东西，要人家不把它看得贱，哪有可能？

以西北这样没开发的地面，土质又好（虽有硷质也很容易去掉），若有那样政府，能够运用国家农场的政策，利用自然发动力和机器去经营，发动和训练农民来自己管理，不经过官僚地主阶级的垄断与腐化，又没有在东南改变土地制度时那些人事上的麻烦困难。西北的将来真用得上一句旧话是天府之国；尤其是河套一带，这种经营开发的事业是须臾不可缓的要计，国家要保有绥远，经营西北，非及早以全力开发河套不为成功。现在敌人图绥远愈来愈急，目的就是要攘夺平绥路，贯河套，入宁夏，除了军事上的目的之外，河套的开发也是算在他的计划里面的。

据段先生说，起先以为西北土地不宜种稻，后来开了黄河渠，小作试验，成绩竟非常好，从那次以后，他们连年种植，收获几乎全可以自给，惟今年因春水来的晚，稻子不能下种，才种别的，可是收成都非常之好。可见那儿土地生产力之厚大，若是有政府来经营，最少河套可以变成一个极重要的农业区域，不下于皖、赣，而它的畜牧毛织事业又不是长江流域所以企望的。这样的膏腴，这样的肥厚，这样广阔光明的前途于今都落在敌人贪馋凶利的眼光底下，它的毒爪已经伸出，象猎人的钢叉一般，阴险的，狡恶的直指过来，要一把插进我们的肥土去，象刺入我们的肉里一样，把它撕走，这种疼痛，这种割裂，我们能忍受么？！若不能，便让敌人和我们在西北同死！看谁拼得过谁！

在吸水场留连了好一会，大家上车的上车，骑马的骑马，便向新村进发。在田间穿行了好一会，又爬过一道小堤埂，我们车中段先生五岁的小公子便得意的喊起来：

"咿，这不是咱们村儿吗？"

"噁，噁，是呀。"赶骡子的一面应着他，一面将长的鞭梢一扬，口里起劲的"噁"了几声，那两匹骡便一个劲儿的撒开腿，追下前面那几匹马去，尘土象一挂白纱幔子张了开来。转过幔儿，河北新村的村门已坦然张臂立在我们面前。

（载一九三六年《大众知识》一卷二、三期）

追念许地山先生

先生！你去了，你永远不再回来了。

先生！你去了。你去了以后，老年人失掉了快活的谈话伴侣，中年人失掉了热忱的、令人兴奋的同志，少年人失掉了关心的、亲热的先生，孩子们呢，他们失掉了他们好顽的、淘气的老伯伯了。先生！

谁能相信这件事呢？谁能相信象青年人一样快活，一样新鲜生动的许地山，现在已经被埋葬在泥土下面了呢？先生！

先生，无论我怎样去想像，单看你本人，我总不能够感觉到你是一位那样精勤、那样一丝不苟的学者，但是，当我看见你埋在书堆中间，埋在书目卡片和札记本中间，当我看见你把自己锁在书架中间低头抄录和写作的时候，我就不能不承认你是一位真实的学者了。真的，不读你的《缀网劳蛛》，不会知道你是一位能文艺的作家；不读你的《危巢坠简》，不会知道你是那忧深思远、抑郁愤恨的有心人；不和你在一起作事，不会知道你刻刻追求工作，刻刻不停地要做一个督正于人有益的实行者，不会知道你有那么广大的、不流于空泛的热情。因为你是个平凡人，你的言语、态度，你的笑，你动手动脚的样子，没有一点表示你和平常人有什么不同的地方。然而你想想，你这个平常人，你死了，你带去了多少人心上的光亮。

呵，一个真实的平常人也是不能够生活下去的吗？

先生，你给我第一次印象，是在燕京大学的时候。你在课堂里讲玻璃是会透风的，我不信。我和你辩驳，我申明我要把所有的窗户缝隙都用厚纸封起来试一试。先生，你那时怎样？你看了我一下，你说："好哇，好哇。"你又温和又自然的样子使我不能不惭愧了，我知道我是怎样一个小小的人。

到了香港以后，我和你接触得更多了。无论什么时候，上午，下午，我走进你的书房里去，总看见你专心地在工作。但是，无论工作得怎样专心，看见人来了，你总是很高兴地放下你的事来和人谈话。讲你的所见所闻，讲你读的书、你研究中间的发现。你的谈话多少总令人对事、对物、对人多得到一些东西，使人愉快而满足。

先生，你知道吗？你以平常人自处的平常作风，确实叫我惊奇过的。以你的地位，最初我不大敢请你替《文艺》写文章。在大学里面主持学院的院长、成名作家、学者，怎样能轻易给一个小小副刊写一二千字的小文呢？可是你不同。每次求到你，你总是千肯万肯，就是你推辞，我也知道你是故意，你要闹点小顽笑。你之所以愿意，第一，因为你有许多话要说，你有一般贫士和苦难者的不平；第二，你不能拒绝人的任何请求，所以，你虽然在非常忙碌时，人家要什么，你还是给什么。

先生呵，你既然这样的愿意施予，为什么你要把你的生命切得这样短呢？

你随意答应写文章，你却不随意对付你的文章。一千字的小文，你也要写了再改，改了再抄，才寄出去；并且抄的时候，你还可以再改一下。你对人是那样的宽，对自己却这样的严。先生，我是在故意说你的好话吗？为死者说上成山成海的好话，究竟有什么好处呢？

抗战为中国开辟了新的光明，同时也暴露了中国隐藏的弱点。你生活在弱点的中间，但是你的心却无时不追求新鲜和光明。你在文字上的主张受人歧视，你对于社会习惯的不耐烦受人歧视，你对于弱点横行的愤慨受人歧视，你要求改革的热情和努力更为人所不满。你遭受了诽谤、讪笑、污辱，在有些地方你甚至于被人当作了异物看待。你是孤独的。你只是一个有良心的平常的人，你不会掩饰你自己，你更不会委屈你的良心以求容。

先生，我听见过你一声叹息没有呢？看见你流露过一丝苦闷没有呢？没有的。但是，你是苦痛的呵。从你追求工作如醉如狂的状态中，谁能看不出你的苦痛？先生，你甚至于说过，你要去乡下去办农村教育，真正启导农民。你说，"事情真要从下层做起，要他们自己起来。"先生，你的事情还只在开始，你就走了。你带走的是痛苦还是安慰？

人人都赞美你健康，谁知你身子里暗藏着致命的宿疾——心脏病？就是你自己，好象也忘记了你是有着这种危险症候的，你不要休息，不要安静，不要松懈。在屋子里你就埋头读和写，你的文章写成了，你又虚心和人讨论其中的要点。遇了值得注意的意见，你又不惜毁去你的原文，重新组织。在外面你就接洽事务，见人，走地方，谈话，想主意。你从来不曾推辞过一件事，就是最微小的你也从不推辞。这是我从香港文艺协会中你的表现上看出来的。你强烈的，大量的消耗你自己。人人都赞美你健康，富于生命力。你呢，你自己究竟是怎样想的呢？你想，危疾已入膏肓，你要从死亡多抢救一点工作吗？从许夫人、马先生和其他接近你的朋友们听来，你真的是象抢火一样的舍死忘生在工作。担任教师，你把在家、出外、宴会、工作的时间，每一分钟都贪心的抓住，使它结出有益的果实。你上新界去，独居在尼庵里，是为了清静，为了全力工作；你下山来是为了要计划事务。我还记得一天你满面笑容的跑到我这里来，和我谈着你工作的计划，我们都非常之高兴。走出去的时候，下了楼梯，你又站住，掉转头来看我，说："真的呀，现在非加紧干不可，不然不得了哇。从前我还有些不放心，现在我不怕了。"

先生，你终于竭尽了你抢救的最大可能，就这样的撒手了。你的生命还在中途，中国的抗战还在中途，全世界反对强梁，反对侵略，争取平常人的生活权利还在中途。死亡的洪水正在泛滥着。回想你抢救下的那一点遗物，回想你焦头烂额地抢救它们的悲壮情况，先生，我能有什么话讲呢？

先生呵，我不该为你伤悼，

因为你深知了死亡，死亡，

那是新生以前的洪流，

你忙着去抢救，抢救，

不顾是木板、布片和席篷，

把它们累积、累积起来，

到死亡抵住了以后；

先生呵，你放心吧，

放心，去永恒的休息，

从死亡之卑怯的头顶上，

你看我们，我们在累积你的抢救，

建筑一只永恒的方舟。

先生，你究竟是死去了没有呢？

（载《追悼许地山先生纪念特刊》，一九四一年九月二十一日出版，全港文化界追悼许地山先生大会筹备会编印。）

一个知识分子的自白

——《永恒的北斗》代序

我不是一个诗人，正如同我不是一个艺术家一样，这是每个明眼人第一面就能够看出来的。

有五六年的时间，我经常的写些长短句，其中有一些间或发表过。别人称之为诗，为方便计，我也叫它们诗。

不过，这不是什么主要问题。

所要着重的，倒是这个小册子里面所存的几首诗在写的方式上，在我发表它们的用意上，都值得说明。因为在我看来，它们都和一个人的创作态度有关系，并且，推深一步，和一个人的生活态度也是有不能分解的关系。

三年以前，我生活在一个矛盾的悬岩上面：一方面对于人，对于生命，有一种烈火一样的感情，另一方面对于大多数可能常常见面的人，抱着不可名状的憎恶，尽可能做得使人不容易接近我，自然从不想要去接近人；一方面切愿投笔在人民的事业里面，另一方面十分喜爱朦胧、晦暗，不可知的探索，渺茫无稽的空想；一方面切望我能够为许多人所爱、所亲近，另一方面常常以能够得人畏惧、憎恶为满足；还有呢，一面觉得应该生活得象人民的一个工具，另一方面却尽爱随意做些没有下文的尝试，仅仅为了自己满足的说："这件事没有什么了不起，要做并不困难。"当工作的要求十分地逼紧我的时候，我常常在阴晦无人的地方，沉沉的，沉沉的……

鲜红的火在层层的灰烬下面燃烧，狂激的流水被压迫在古老的岩层下面，这是二十世纪初期，一个中国人诞生的痛苦。旧时代家庭的教养，社会上种种具体的生活条件和所接触的物与人，造成我的一面和两面。两面我都坚持。我好象走在一条峻险的峡谷里面，两边的岩壁向我倒下来，倒下来。

陀思妥耶夫斯基不能救我。他的道路——经历长期的、酷刑一样的苦痛而后升华，曾经象我自己的心一样的感动我。可是，我没有他那种近乎神秘的宗教，我没有他做人时那样随和的温柔，我就不能够觉到那一条路也是我的道路。哈代的命运的悲剧，曾经震撼我的心，使我想起他的一些场面就心里发抖。但是，我生在初年的中国，我不甘心向命运低头。屠格涅夫最会为年青人安排道路，也最会轻轻地点融人心。可是我在他的那些年青人里面，找不到我自己痉挛地冲突顽固的影子；在他的世界里面，也找不到具体地出现了的一个宇宙，他躲在那里面象一个冷心的魔法师，好象他欣赏他的魔法过于他关切人类。而且最令我寒心的，是我不能够摸到他，我恨他。托尔斯泰是从头就被我推开了的，因为从我开始接近他教育的时候起，他就被人当作牧师一样地介绍推荐给我，我存心不读他。直到抗战开始不久，才读到他的《战争与和平》。他和陀思妥耶夫斯基同样地感动我，可是也同样地不能救我。救了 Pierre 的那个平凡的囚犯虽然在我心上，可是不能够和我的心融合。

我也不必再多举了。总之，一个人心里没有感觉到具体的人民，只能够为自己忧愁的时候，读什么书也是白费。地球在他面前裂开来，他都看不见，却偏要希望看见得太多。他的眼泪就只有朝自己的屁股上流。那被许多人当作一个教士看待的但丁，在六百年前已经告诉我们了。

我不用再讲我经历了怎样一些生死之间间不容发的苦痛，因为那些肮脏的眼泪，不是什么值得宣扬的事。虽然自己在回想起来的时候，还是会暗暗地把它们摸一两下的。

我撞了许多墙，我却还没有死。因为世界还没有死，人类正在要求诞生。尽管过去的铜墙铁壁，尽管我几乎是从母胎里带来的顽固，阻挡我的心不能开放，容纳现实的人民，我却不能够拒绝人所赖以生存的大气。它招引我，我呼吸它，我要把它变成我的血肉。我不降伏于我的苦痛，我永远冲撞着。我可以说，在我内心里面那个要活的东西，不是我自己，而是一种更大更大的东西，比我大了几万万倍还不止。我，不过是它的形体之一。这个东西它要求在广大的具体的空间生活，只有这样，它才能够自由的选择，尽情地吸取它所要的粮食。以后，成长，扩大，逼得那颗心不能够不开放，不能够不容纳人民，和他们的命运发生生死不解的关联。

时代要变，该诞生的必然要诞生。我得到了这样一个空间。虽然那从我真正做人的历史上说起来，不过是一个很小很小的起点。但是，是一个真的起点。真实的社会生活，真实的工作，尽管那范围还是狭小得厉害，我却没有把它辜负。我努力接近和发现我所能够接触到的人，努力把陀思妥耶夫斯基和托尔斯泰教给我的至宝——放逐自己，超越自己，抱得紧紧。在这样做的时候，我不是没有长期的痛苦，疾病和失眠，更重地想压倒我。可是，时代的神圣的变革，震雷一样的启示，千千万万人民的血的洪流，英雄的悲痛，智者的忧伤，善人的愤怒，美丽的心的憎恨，以及罪犯们的癫狂……，一切异象都发出了震动人心的声音。命运的洪钟，当当不断在我头上敲起来。我是谁？我能够不听它吗？我能够躲得了它吗？我，这微弱到阴阳分歧的路上还不能够切断自己变了黑色的胞衣的人，怎样能够抗拒人类命运的钟声呢？

仅仅时代召唤着我，却没有具体的人在我周围，靠着我这染了很深的历史疾病的人，独自去听，我想，是不会完满而深刻地听到的。然而，却也有那同样受着时代召唤的人们，在我旁边。他们有的残酷批评我，甚至于到了伤害我的自尊心的地步；有的小心的感动我，使我常常流泪；有的明白的和我解释，使我表里分明。一种似乎集体的生活，使我感觉到共同生长、共同感应时代的快乐。

当我另有需求的时候，悲多芬成了最贴近我的前辈。神圣的愤怒，无情的毁灭，激情的悲痛，和温柔的新生，我常常在深夜时分，和悲多芬共同享受。我流泪，我又欢笑；我诅咒，我又旋舞。力量和安慰都在我身上滋长起来，山泉流出了峡谷，我生出来了。慢慢地，慢慢地，我把自己狭小的外皮褪下来，抛在峡谷里面。

到了这个时候，我就来细细考虑我怎样生活，写什么？写了，在怎样的条件之下容它发表？

怎样生活，在这里不必多说。总之，无论用怎样的方式，做什么工作，必须是于人民有利。仅仅是写，在我看就是有害。精细的、密切的关心人民的祸福忧喜、人民的命运，带着一种不能忍受的强烈感情，是最必要的前提。写什么也应该归于这一原则下面去。有许多很聪明的人，虽然对于文艺有了相当一贯的态度；可是，或多或少，或显或隐，他们把文艺工作同人民分开了。原则上他们同意文艺只有一个最高目的：为了人民。但是，由于他们生活上没有抱定一个严格的、忠诚的、贴紧的为人态度，他们的创作态度有很多时候从人民的需要离开了。他们或多或少与我过去的写作态度相近，随兴的采取一些满足感觉的东西来写，随兴的用一些满足虚荣心，或者好奇心，或者爱好心的态度来写。他们有许多人有才能，能够写出使我心爱的东西，特别是诗的方面，有些人的作品使我苦痛地不能离开。但是不管我个人的爱好怎样，我依然觉得他们委屈了自己的才能，委屈了他们自己的心。他们中间最严正的作者，也还是以自己的爱好来决定创作的态度。在他们心里，人，人民，所占的位置是颇为微小的。人民的命运，到现在为止，还是不够深刻的感动他们，使他们情愿放弃自己。另外一些人，虽然嘴里也时时讲到时代，讲到人民，可是由于他们不知道用怎样的态度去接近人民，所以他们不很明白怎样的东西，要怎样写，才能对于人有些用处，结果依然是满足自己的一种态度。还有一种人，根本没有弄清楚"文艺是为人的"这一命题的内涵，就喜欢把文艺范围说小一点。诗，独立起来，认为如今有这种诗、那种诗：人诗，我诗，物诗，事诗，情诗，智诗，……凡愿意分行的地方，都是表现天才的所在，故意乱来。归总的说，不出于有意无意模仿的范围。从最严肃的意义上来讲，诗变成了一条鞭子，把他们鞭打得昏头昏脑，写出东西来，对于人没有一点用处。我不能说这些人是没有才能的。不过，即使把诗独立起来，能写出最好的诗来，除了才能，最重要还得有一颗心，为人民而感觉，而关切，而痛苦，而愤恨，处心积虑，要尽可能写出一些比较普遍有用东西。

我放逐了那些无谓的自我感伤、晦暗的探索，放逐了一些花眉绿眼、机灵巧诈的字句，放逐了晦涩，放逐了轻灵，我放逐了那种为将来写作，而把眼泪流在背脊上面的罪恶欲望。我生在今天的人民中间，虽然我微弱到不能够理解他们，可是，我要尽力组织我的生活与感情，一分一厘也不要浪费在人民以外的东西身上。我写不出他们，我苦痛，但是凡我有所写，我必须写的明白、亲切、真诚，使它们直接间接于现在的人民有些用处。

这一切都是由上面的理解生出来的。这个小册子里面的几首诗，也就是我的一种不完美的尝试。我的意思是希望它能够于人有益。如果我确知它们依然没有用处，我就不再写诗了。

我把这一本书献给那位帮助了我，使我成长，使我有用的人。

（载一九四三年六月《中原》创刊号）

毛主席和我们在一起

亲爱的上海兄弟姐妹们：

我必须把这篇通讯直接写给你们，才能够把这一次首都人民庆祝中央人民政府成立大会上的一切，尽可能真实地传达给你们。说尽可能真实是容易的，要做到，可是很难。因为十月一日这一天是太伟大，太丰富了。甚至在今天，二十四个小时之后；它的余风还在。街上还是红红绿绿的跳舞队、秧歌队、游行队。二十四个小时之后，依然满街都是红旗，都是锣鼓。从湖北来的老先生、老太太摇头赞叹，说昨天那一场大会是"从来没有过！从来没有过！"从上海来的老先生说："啊，总算活到了这一天，见到了！"从华北来的人激动得发不出声音，只是连续地、低低地赞叹："啊，好伟大呀！好伟大呀！"从华南来的人也说："这是有生以来没有见过的啊！"上海的兄弟姐妹们，你们晓得陈毅市长。昨天，陈市长望着天安门前红旗的大海，激动地说："看了这，总算是此生不虚了！"这是确实的。昨天天安门广场的大会，完全具体地表现了一个初诞生的新国家的气象和本质：伟大、庄严、团结、民主，尤其是领袖与人民的融合一致。它使人人相互亲爱，使人人要求向上，要求自己学好。

广场是南北从中华门到天安门，东西从太庙到中山公园的一个大十字。全场容量有的说是二十万，有的说是三十万人。新造的旗杆在广场内正对天安门。人民英雄纪念碑的奠基地点在旗杆以南。在开会以前，向筹委会登记要参加庆祝大会的人数太多，筹委会怕广场不能容纳，再三限制下来的结果，光是从旗杆到中华门，即十字形垂直线的下半截，那一部分所登记的人数已经是二十万人。十字形的横臂那一部分，除了一条马路之外，御河内外以及马路外边全是队伍，军队还不算在内。因为军队是四个师，根本就不在广场里面。广场外面两边街道上还有没能入场的群众队伍。即便是经过了限制，广场果然还是容不下这么多人。群众要求带锣鼓音乐队也不能办到。因为如果是几十万人都在场上打起锣鼓、扭起秧歌来，大会也就无法开了。事实上，到后来，群众自己的呼喊，已经大大地补足了锣鼓的声音。

队伍从早上六七点钟就到了广场，按照预定的地点排列。农民队伍是四五点钟就从乡下动身来到天安门，参加这个他们第一次能够参加的大会。远远望去，整个广场上红旗翻卷象红海奔腾。在红旗下面，一片片的是穿了各种颜色衣服的队伍。有的是深蓝色，有的是浅蓝色，有的是浅黄，有的是灰色，清清楚楚好象是精工规划的花圃一样，丝毫不相混杂。广场前面，白玉桥两边搭起了两座台：一座指挥，一座是昨日早上刚刚到北京的苏联代表团。再前面就是天安门楼上毛主席和中央人民政府的各位领袖。

红旗飘卷，队伍静候。正在这时，城楼上面主席台前忽然发出了有历史意义的庄严声音，山鸣谷应，四处都响起惊天动地的声音。中国人民伟大的领袖、中央人民政府毛泽东主席宣布："中华人民共和国中央人民政府成立了！"于是广场上的欢呼声，立刻翻江倒海地爆发，与城楼上互相呼应。这时候，按照预定程序，主席亲自升起了中华人民共和国的五星红旗！这是经过电流来操纵的。城楼上有一个电钮开关，按相反方向写好了"升""降"二字。主席把电钮拨向"升"字，我们的红旗就顺了旗杆自己向上飞升。主席看着旗子，说："升得好！"主席说出了我们千千万万翘首瞻仰旗子的人心里的话。我们的旗子从此是端严而稳重地向上升了：它升得好！

接着礼炮惊天动地地震响起来。每一炮所发出的巨大震响，据说都是由五十四尊大炮同时发出来的。这五十四尊炮的数目据说是用以代表政协五十四个单位。五十四炮同时发出二十八响礼炮，那声音真是山摇地动，象征全国人民坚强而雄伟的团结力量。

掌握着人民坚强而雄伟的力量，主席向人民、向全世界读了政府第一号公告，确定地指出中央人民政府是代表中国人民的唯一合法政府，它愿意与任何遵守平等、互利及互相尊重领土主权等项原则的外国政府建立外交关系。这对于帝国主义国家，尤其是整天想封锁中国、扼杀我们的美帝国主义，将是个难题，会使它头痛又头痛。

转眼就是阅兵了。四个师的部队全在广场外面东边等候。总司令下令阅兵时，四位野战军的将领分列左右，站在总司令旁边。第一野战军是贺龙将军，第二野战军是刘伯承将军，第三野战军是陈毅将军，第四野战军是罗荣桓将军。阅兵令下，就由原来在广场东端站在指挥车上的聂荣臻将军引导，四个师以连为单位，列成方阵，由东而西，缓缓入场，一个接一个地从主席台下白玉桥边走过去。队伍的服装、颜色、队形、行动完全整齐一致，每一个方阵都象一个人一样行动。甚至于连马队里所有马的腿脚都是一出一进完全一致的。所有成排的坦克、大炮、汽车，都是比齐了一字形地前进，绝无任何参差，使一字显得没有丝毫歪曲。

当阅兵进行的时候，整个人山人海、红旗飘扬的广场屏息无声，只有军乐队奏着《人民解放军进行曲》，雄壮的乐声和整齐的步伐声配合，在大地上动荡。正在这时，十四架飞机飞临上空，广场爆发了如雷的掌声。飞机里除了我们的空军外，还有诗人马凡陀。

当广场上的人民队伍分队出发时，已经开始黄昏。星星点点，灯笼火把接二连三地燃了起来，很快，整个广场在夜色中透明了，并且颤耀着红的星星、黄的星星，紫红的、大红的、金黄的、橙黄的，愈向夜，广场愈益象大地自身活了一样，遍地灯笼火把颤颤跳荡，象人民无边无际的欢乐和希望化身，在我们面前跳跃。队伍分东西两个方向，向外出动。蓝色的拿着紫色灯笼的队伍，黄色的拿着大红灯笼的队伍，灰色的拿着金红火把的队伍，浅蓝的拿着深桃红灯笼的队伍，还有黑色的拿着黄色灯笼的队伍，蜿蜿蜒蜒，交互环绕，象一幅巨大的活动的织锦，各按各的方向走出会场，丝毫也不发生混淆或者紊乱的状态。队伍行动时唱着歌，但更多的是喊口号而且时常是连续不断地喊着：

"毛主席万岁！"这使得广场不但是以颜色和光辉活跃着，同时它还在连续不断地发出巨吼！地面这时又从许多角落放起了无数五彩照明灯球，象整个开了灿烂的光明的花朵。

毛主席一直是和人民在一起的。从下午三点到晚上十点，主席一直是站在城楼边上盯着眼睛望着下面的群众。他的脸上时而庄严，时而微笑，他的手几乎永远是高举起来，向群众有力而迅速地摆动，时时刻刻听见他向着群众高呼，这是一种人民共同的呼声。他的半个身子时常是伸出栏杆外面去，举手招呼群众。在这里，完全看出主席是怎样全心全意地热爱人民，他的这些动作，完全是由于他内心深处对人民强烈的、阶级的爱情，使他自自然然就会这样随时不断满含着召唤地高呼，使他的手老是要举起来招呼人民，使他象母亲一样地向人民把身子伸出栏杆外面去，要把他们看得更清楚一点。

广场上川流不息的群众，最初似乎没有看到城墙上自己的领袖在招呼他们，因为城楼上的灯光并不是很强的。他们一面呼着口号，一面走到面对城楼的时候，就要站住，更高地呼喊。当他们呼喊"毛主席万岁！"的时候，主席就从播音器里面高呼："同志们万岁！"并且时时用亲切的呼声和群众的呼喊相应合。很快，群众就发现了自己的领袖还在他们中间，并且用高呼和他们说着最亲切的言语，他们立刻就要求打破原来向东西分走的路线，而要一直朝北过白玉桥向天安门城楼走来，然后再由白玉桥上转出去。他们的要求成功了。于是一条条红色的火龙似的群众都向主席走来，他们挤在桥上，拼命从肺腑里发出呼喊："毛主席万岁！"主席从楼上回答他们，楼上楼下一呼一应。群众是欢呼跳跃，主席温厚而慈祥的手，在空中摇动不停，累了，便另换一只手，他的全身凝聚着力量，他的脸上发出庄严而慈祥的光辉。有人害怕主席会疲倦，但主席丝毫也不觉得，放了椅子在他背后，他也不肯坐下去。这时候，领袖和人民的完全融合一致是具体显现出来，一种伟大的、严肃的、温柔的幸福之感，贯穿着人们的全身。有人哭了。有人暗暗地赞叹不已，说："怎么知道中国还有这一天呢！"

这时候，原来已经出了广场的许多人听到这样情形，又回来了。他们是很早就出了广场参加了游行的。他们的队伍已经散了，但是又集合了走回广场来。是队伍，就自己在广场上重新摆起方阵，奏起军乐。是一般人民，就集合了走到桥上来大声喊口号，大声唱歌，尽情欢乐地跳跃舞蹈。大会指挥在播音台上再三劝告他们回家去休息，才逐渐地散去。

亲爱的上海兄弟姐妹们，我不能不把这个伟大的日子这样繁琐地报告你们。这是由于我无能的笔，没有法子把象昨天，乃至于毛主席领导建立国家的这十天以来的历史时刻，恰如其分地向你们转述。但是我确信有一点是真的，那就是：

我们几千年来的希望，我们几千年来的要求，要一个独立、民主、和平、统一、富强五者俱备的国家的要求——在过去常常使人称为是白日大梦，或者是唱高调，现在这个几千年的大梦一定会实现了。昨天我亲眼看见的庆祝大会，就是保障。

（载一九四九年十月六日上海《大公报》）

右边的一位是北大的戏剧家，整天不大在家，一回来就唱大花脸，又去须生，有时吊起嗓门，他又扭扭捏捏唱青衣或花旦了。他颇擅长交际，时常买东西请房东同吃，顺便帮房东咒骂别的房客。老是说："呀，我的房钱早已该付，我早上的确记住了要上银行，一转身又忘了。你看，这不是我带的存折？"于是他哈哈哈很自然的笑起来。房东只得说"嘿，嘿，不要紧"就完了。他又交际伙计，常叫他来给他一把花生，和他打听东南小屋里那洋车夫的老婆每月骗去他多少钱；西屋里那学戏的女人到哪儿吊膀子去了，打扮得是个什么样子；又打听房东和别的房客种种事情。对于这些问题，那伙计总是绘声绘影的回答。据说那洋车夫的儿子简直就是他自己的骨血。"他妈的，我的儿子叫他作爸爸，哈哈。"对于我，这位先生也不缺少注意。听我在呕吐，他就大大叹口气，"唉，怎么受得了！"他自言自语说。随后他又拍拍壁板，从壁缝里低声说："女士，姐姐，我来伺候你好么？唉，太痛苦了。"见我老不理他，他就改用咒骂，说我们吵了他。我们把壁缝糊起来，他又划开偷看。

满院子终日打鸡骂狗，吵架，打孩子，抄麻雀，唱古书，直如一个沸腾的汤锅。只有我这小屋是荒凉，霉暗，和堵塞呼吸的室闷。肚子饿到发热又发冷，连胆汁都吐不出来，但还是找不到一片旧烧饼。这样的生活，这样的无意义和苦恼，我竟能忍受这多时！为什么我早不想起现在侵入我脑里的这可怕的幻想？

五月二十五　昨晚青的样子特别萎靡。一进门就横倒在床上，把带回的两筒挂面丢在一边。人更瘦了些，就象一根高竹竿，两只眼象两个吞人的黑洞，占着了整个面孔。我问他吃了饭没有，他说一天吃了六块烧饼。于是他打起精神来给我煮挂面，我只吃了半碗，又大吐起来。

我竭尽全力挖肝镂肺的呕，眼珠象要被挤出眶外，头部沉重火热，冷汗直流，鼻水、眼泪、口涎全不断的冲出，四肢发抖。我见青东抓西爬，痛苦痉挛的手脚一齐乱动，又要扶我，又要倒漱口水，又要拿手巾，又要给我擦拭，一时弄衣服，一时拖痰盂，往往就打翻了茶碗或掉了东西在地下。

这一夜我没合眼，那可怕的幻想固执的盘据在我脑里，引诱我要把它自己显出成为一件事实。我一夜揉肚子，希望伏着的小生命能随这蹂躏而死掉。我该是如何残忍！我的心在跳。自然我是个女人，我喜欢由我自己迸发出一条新生命，正如一切作家们创造他们的名世作品一样，不，更多，因为它将要作自然的执行者，也就是自然最高的形式——人！这小人以自己柔嫩的哭声，好奇的小眼和睡的微笑，向世界提出他那纯美有力的生存要求。在这要求之前，一切天上地下的强有力者，都应该俯首。从月经停潮，第一声呕吐的时候起，我的心叶就颤动，嗓子里要求发出极大的声音来宣告这件事实。这新生命虽是无私而伟大的，但它偏要将自己最初第一个微笑显给我看。而我，被它称为母亲！这样的光荣和喜悦，谁有权利谁又有力量来拒绝？我没有，一切女人也都没有；——除非大自然的本身，人类的全生命到了难产时期，要求一切个别生命付与自己的代价！

由这样的转念所生的幻想，象毒针一样猛刺入我的脑中，痛苦和伤心夹攻我，觉悟在心底发出长睡初醒时的呻吟。最初我曾经自命为觉悟过，要结结实实作个人，其实那是假的。只在生命走到了极端，个别的意义是不可能，也是不该有的时候，只在人该用牙齿来扯碎自己的心脏，使之不能发生个人情绪上的感觉时，才可以提到觉悟。人到了这时候，总该明白在这样年头，一个失了自由的穷人生下孩子，无非只能妨碍自己的生命活动，自己的孩子似乎就是仇人的助手，专门来增加自己的铁链和压迫。而同时那穷苦失了自由的孩子自己，活下去也就只有饥饿、耻辱、折磨、无知和一切不适意的情绪与事实在等候他。到了这时候，生命如何才适宜于存在，乃是全人类的问题了。而我还要以可笑的母爱来自己骗自己，来满足个人的自我张大狂！

我知道青今天会遇见一位可以使我那幻想实现的高丽朋友。他一起床，我就请他去叫那人来。我没想到我的话叫他骇了一跳。他照例用眼盯着我，手插在裤袋里不动。过了好一会，他突然说："打胎不行！"说完就拿起脸盆预备出去。

"非打不可！"听见我这话，他反身搁下脸盆，坐在床上紧执着我的双手，深刻而有表情的眼光注视我，象怜惜又象责问。我一口气说下去：

"我们不能也不该……"他不让我说完，连忙双手捧住我的嘴，半伏在我的身上，低声说："我知道，可是，可是，我们都……"他摇一下头，想了想，又说："不；……可是你很愿……嗯……嗯，那些都算不了什么……可是，叫老李来这儿做，环境太不方便，又危险……"他象还有许多话要说，却说不下去，我也不能开口，所有两人脑中的话，似乎都相互纠成一团，都不值一说。彼此对看着不知有多少时间，然后我见一颗大泪在他眼中发闪。板壁上发出唏唏嗦嗦的声音，我知道那位高邻又在壁缝中偷看我们。青朝那板壁斜了一眼，站起身拍着我的臂说："回头看罢，一会我煮点挂面你吃了，我好上课去。"

五月二十六 这是怎么说？青！白天不回，晚上也不回来了。我就这么一个人在这木板上爬、吐，就这么白日黑夜让破洗脸架、积灰的火酒炉、褪了色的红绿挂面纸、烂了的菠菜等等，占据我的眼光；让各种喧呼、打骂、号唱，折磨我的耳朵。我向谁申诉？又有什么可以申诉？埋在这阴沉的古墓里，我难道还企图找出从前在人群中生活的意义么？

平时虽在极忙，青白天不能回住处，晚上无论多晚多远，也一定要回来。为着深夜要人开门，我们被伙计糟蹋了不知多少次。可是昨天晚上我从十一点起就望着房门，一面数着时钟一点一点的敲去，直到五点。焦急在我心上爬，留下它烧烙的火伤，时间又一针一针的在那火伤上挨擦。公寓大门不断的开，不断的关，发出一种低沉的抱有委屈的声音，随着就有脚步在院子里走动。皮鞋的高昂，无跟鞋的闲散，布鞋的柔顺，全不能表现青那疲倦而又匆忙的脚步。没有脚步声，反觉更有希望一点。

一种预示的忧患缠住了我这昏乱的想象，把那最可能又最可怕的结果，不断塞入脑中。我本用不着浪费头脑去愁什么撞汽车、倒毙、疯狗咬的事情。可是为了不愿落于仇者掌中，我倒故意搜寻这些意外来蒙混自己。既混不了，我就愿意有一个人来，即使是带着被捆绑的他同来的先生们也好。因为他们的粗犷凶横会把我所要知道的一切告诉我。来打破这压死人的室闷，切断这找不到着落的疑虑。以我这样失了分量的时间和没把握的生命，有什么值得爱惜？难道黑暗的监房，和那拉屎吃窝头的动作都受限制的狱中生活，于我的现状不是最合调的么？

啊，老李来了。

老李那张总是笑笑的红的脸，带来了不好的消息。这个人的宽额和浓眉都皱着，长眼角斜伸入鬓边去。一进门就摸摸肚子，冲着我一点头说："嗯！"我摇摇头。李！我准备着听你所要报告的消息。一个快要淹死在自己的思虑里的人，见什么都想抓一把！

五月二十七早　　昨天老李匆匆跑去公寓，证明了我一天一夜的猜疑，青已经遭了那件意中事。我的心平静而又兴奋。本想在那公寓住下去，也许这失掉了机能的生命会就这么了结了它自己。但是无论我有如何残酷，勇气和狠心，还不肯使我宣告自己的死刑。生命虽在乱石缝里和刀锋似的冰凌中钻觅出路，钻的力量又是那么微弱；可是因为世上有那种尊贵的新东西要去取到手，同时有些人也毫不懈怠的在努力散布他们的丑恶和残暴，以抵抗那尊贵东西出现，那么即使我的生命已经是到了死的边陲，我还是不甘心叫它就死去。不甘心，仅仅为着不甘心！并且老李又说，搬到他那儿去了，他的妻——那个产科大夫可以给我打胎。这样的消息，特别是在青已经失了活动力的时候，更加鼓起我的勇气和意志。倘若一个人的生命不能不暂时停止作用，马上就有别的新的力量代替他，那么丑恶与残暴尽管雄厚，强有力生命的堆积，也一定可以胜过它了。

昨天老李把我搬来，将他们自己的床让给我睡了。他的妻又高、又大、又胖、脸色灰黄，每一部分的肥胖，都象鼓胀着从没洗过的猪肠。窄眼，厚的灰色嘴唇，一切都和她丈夫成个对比。她比老李在中国住的日子少，见人就不自然的笑，说半句话留下半句让老李补足。她听见我要作的那件事，就愣了好一会，接着连摇了几十次头，同时由那小眼里簌，簌，簌，冷不防掉下一大串泪珠来。那妇人匆忙把眼一擦，就搂住我歇斯底里的摇，嘴里连嚷："不要、不要、不要，……"老李把她拉过去，用柔声极其温软的说了半天。这位太太在老李的安慰下，象一个没娘的女孩儿似的哀泣。她到底仁慈的应许了。

昨晚上，他两人睡在我床前几条凳上，李太太把自己的经验讲给我听。她今年三十九岁了，也是欺人的母爱，使她盼望极了有个小孩。每一次有了身孕，她都是从最早的时候起，就发生种种可以致死人的毛病。她母家不理她，因为她违反命令，把他们花钱替她买的医学博士头衔无代价的交给老李，作了他的助手。而老李又穷、又忙，又常要东逃西躲，不能在家。她腹中的小孩，她的病就全归这不健康的身体单独支持。没有医药，没有安慰和养料，结果总是把一个个未成熟的小生命，用病毒死，要不然就掉了。最后一次，为了她，老李请假去海滨，他们用尽心力和物力，结果居然胜利的生了一个小宝宝，养到了七个月，长得又白又胖，会笑会叫了。但是就象命运是他们的死敌，正在这白胖好玩的时候，孩子就跟他爸爸妈妈一齐被拉进监牢去，不到十天，这才满七个月的婴儿就死在狱中。从那以后，他们逃到中国来，她的耳瘵更加利害，又得了子宫病，大夫不许她再生孩子。这可怜的异邦人频说频拭泪，她的丈夫无可奈何的拍着她，低柔的和她说些什么，又象要帮她剖露积郁，时常找适当的中国话，把她的意思转达出来。

今天一早，我吃了一粒白色圆柱形的药。据李说，若是一二个月的身孕，吃下去当时见效，有两粒就能了结这件事。三个月以上的，要每天吃一粒，吃三天，有时也许还没效，得用手术。

下午，这五月的南风吹得人口鼻出火。四肢骨缝中，都象有长了毛的虫在穿爬，似乎生活力不甘幽闭，要找出路。头脑沉重，眼又昏花，常见许多可怕的现象。又象看见青在受刑。他被绑在一条木凳上，被两个兵按着，只一个老兵伛着腰，眯着眼，用一个细嘴大瓷壶，朝他的鼻孔灌辣椒水。他却死命挣扎，咕噜咕噜象牛叫，头摆动，唇角被绳子割破流血。同时，红色的辣水流入眼中，又从那儿沁出更红的来。灌死了又把他弄活，又问，又灌。而我被两个宪兵抓着，站在旁边，看他这么生死不得，好几次他们把我推到他面前去，用皮鞭抽我，捉我的手拿辣水去灌他，叫他说出地址。他的脸青一块，紫一块，红一块，夹着许多裂痕、血迹，弄成一张丑极了的脸谱。他似乎全不认识我，死木木的眼光对我。没表情也没动作。这怪极了！既已连我都捞到，还问他要的是什么住址？一个人已经被处治到失了形体和知觉，还要去承受那种过分非人的残暴，偏要他亲口说出那已在别人掌握中的事实！这我不能忍受，我真不能忍受。他们继续鞭打我，疼痛、激怒和不了解，使我大声喊叫，跳跃。忽然，一下轻松，我发现自己在李太太的怀抱中，她张皇的撑起小眼，连问："什么！？什么！？"

青，呀，青！他必是以为肚子里的东西定使我无法逃避，就决定用肉体的毁灭，去为那已经空无所有的地址保存秘密了。

五月二十八　　刮风。这风太岂有此理，叫人一时热，一时冷，身上又流汗，又烦躁。吐出来的东西，似乎发臭。风吼着推打窗户，扯碎窗纸，叫我老想到昨天梦中那些人的呼喝，和青的被撕裂的面孔。生命自己有这样残酷的支持性，定要驱遣可怜的肉体去忍受一切受不尽的宰割。仇人们也就利用这种惨酷，来痛快而悠久的满足他们的残暴欲。此外还有些人为着求自己的希望延长，也总愿亲友们能更长久的在酷虐无情之下，用软弱得可怕的肉体去支持那吃人的痛苦，这倒叫爱！

发了两天烧，李太太要不给我药吃，我不肯。我急于要使青在死亡道上叹一口宽容自己的气，为着他的爱，已经又踏上了他的路程；同时又不愿挨时间，妨碍老李们的事情，因此反而一口吞了两粒。

夜十二点，小冯匆匆跑来，发现我在这儿，似乎眉一皱。他是来通知老李搬家的，同时来找李太太。前天他送东西，骑车到北河沿转角，迎面一辆车飞来撞在他轮上。那人立刻扯住他大嚷大叫，要上阁子去。

他死劲把车掀在那人身上，自己在警戒网中，借小胡同和屋顶的方便逃出来，左臂被拉破了一大块，肿烂起来，他不敢上医院，李太太给他洗了，上了药，他又叮咛了要搬就走了。

五月卅日　　一个礼拜的日记，换了三个写的地方。这时我在这不到一丈见方的小土屋里，沿墙土地上横躺着十几个蓬头污面的女犯人。锁住的栅门外是一个扛枪的兵士，他在外面踱来踱去，不时朝我望望，哼一声说："好好躺下。"他的声音很温和，我不怕；我还是用这根发针在这块薄纸板上刺写；我要赶快，怕天亮了之后，我的命运会使我再也写不成了。

二十八晚上，老李们自然不能马上就搬。二十九我的肚子起始疼；李太太忙乱的准备许多事，预备胎儿离身。晚上连老李也在家要帮忙。忽然大门捶打整天，我们来不及做何准备时，穿黑大褂黄绿制服的已经站满了一屋子，中间夹着被捆绑的小冯……

……咳，头疼……

病苦不能感动人来改善我的遭遇，带着在死亡和血泊里挣扎的腹中小生命，我被押送到这儿来，和朋友们分开了。一进来，立刻我就看出这儿有个人和我是同样情形，她已经晕死在墙角下，腿张得大开，裤子和衣服全是血，裤裆里有许多看不清的血肉块。肿了的两只手摊放在膝上，全是青紫大泡；在她半合着的眼下，挂着白浆似的眼泪，嘴唇僵硬的张开，白沫和涎涂满了一下巴。约略听说她是个女房东，有了六个月的身孕。最近她的房客某学生因为犯了该杀头的"危害民国"嫌疑，偷跑了，官家便着落在这大肚子女人身上要他。把她抓来，抽了皮鞭，又打了竹板，结果就摆在这儿，医官不在家，没有人来理会。

呀，血流出来了，干吗还想吐！……

我真愿意休息一下，肚子太疼了，象被刀子在脔割。白蛉和蜈蚣虫什么都攻击我，周身麻痒，周身刺痛，周身麻木发热。全个身子象掉在毒蛇口里似的。腰部象有石头要爆炸，脑子里有团烈火在燃烧……但我不可停手，军笳在吹起身号，今天是什么日子！五月一天的黎明……。

咦，窗上是什么黑影……。

三，二十八。

（载一九三五年四月十五日《国闻周报》第十二卷第十四期；本稿初以英文写成，题《日记拾遗》，曾收入斯诺编的中国现代短篇小说选《活的中国》，署"失名"）

殉

　　靠窗一张长桌，不能肯定是书桌，或饭台，或洗脸架。桌上散铺一堆文稿，横七竖八躺着几支秃头木笔、旧钢笔和开着的红墨水罐。桌旁围坐的四个人，似乎目神都集中在这堆文稿上。有一位横担起一支蘸了红墨水的木笔，另一只手按着张写下几行题目的稿纸，似乎要写下去，但他的眼却注意看着坐在他两旁的那三个人。少时，桌左方那位举着一张文稿在指指点点的姑娘，忽然住了兴奋的嘴，指着坐在对面床头的一位说："老李怎么回事？他老是心不在焉似的。"

　　这一声唤起的许多注意和自己的觉醒，使老李红色的双颊象更红了一些。他歪一歪头，把长的眼角挤了一挤，匆忙把支着下巴的手拿开，结结巴巴的说："嗯，精神……不好的样子，嗯，是不是？"他的嗓音生硬，一贯的高亢无平仄，老是利用一些重复口语，免得在一组字眼说出了之后，再来拼凑第二组的时间，会惹出一场无味而窘人的沉默。

　　这几篇文章，在一二天内要发出去。今天审查中，发现许多关于理论和文字上的问题，几个人就在红头涨脸用压沉了的声音争论。争论中，老李用了全力来歪起耳朵听人家的话，把这些话捡入脑中，同时又从脑里搜出有意义的东西来讲。平时他这样努力，必有许多东西说出来，使人忽略了他的结巴、重复与生硬，而不住的点头，眼睛盯在他身上，眨也不会眨一下。今天可不。他越努力，脑里越乱。他费力要把别人的话捡入脑中，半路上这些话总是被自己的心事挤掉，闯到他眼前来的总是他太太出医院的问题。这样弄得他头痛燥热，耳朵发喊；他只好靠在窗上，眼望别处。他那不安的沉默与失神，惹起了抗议，谁又能以为奇怪？

散会后，各人照例要带一两篇文章回去修改，明天早上交齐。对于这任务，老李不能，也不愿推脱。他拿了自己的一份走出屋子，就听见房东家的钟叮的敲了一点。这骨突的一下钟，登时象电流打中了他的腿，他立刻变计不回家，奔去左近给太太买了二十子一把的花，三步并作两步的跑去医院。跑进去见挂钟还只一点半，才放心领了牌号，在该站的地方站住了。

肚子饿是可以忍的，唯有如何把与医院服务机关交涉的经过告诉太太，如何去说令她失望痛苦的问题，实在熬煎他。他太太的肺病已近第三期，医院要他弄她出去休养，三等病房是不能给人养病的，和他太太说了，又给他的间接通讯地点去了几封信，叫他来搬她出院；而太太也正愿意这样。因为丈夫没有直接通讯处，因为他既有不属于东洋人的黄色皮肤和面孔，却又不通中国语言，也没有中国声调，而同时她却偏要说自己是中国人，遂使她从看护听差病人等等受了不少的揶揄，冷落，怀疑和粗糙无礼。究竟他们把她当作什么？由那些挂下嘴角的狞笑，横过来的怒目，作手势的侮辱之类，她只晓得自己是落在另一种人类中，这种人的奸毒残酷，正不下于他们的宗主，那些有权威的黄种人。处在这类习于把人当罪犯或丧家狗的人们中间，她的病是只有更深下去的了。

出院，这无上命令所要的就是钱。家里凡应该拿去换钱，也可以换点钱的东西，都已去净。一位同志叫他去找服务机关请求免费出院，结果也没希望。太太进院时，他为了自己的国籍和无正当职业的情形，怕惹起有危险性的怀疑，就填了一大篇谎。他万万料不到这些服务机关的尖鼻子先生们会去调查的。对于老李的请求，昨天和他接头的那位先生闭起嘴唇，把头摇得象个拨浪鼓似的。老李亢起嗓子苦苦解释，用许多重词重字，结巴得脸上红了又红。那人却只管翻阅面前的文件，理也不大一理。最后他把椅子一推，站起来说：

"先生，你不用净问我'是不是'了。你说话象外国人，我很难懂。我们没法子。又找不出你的实际情形。有人要免费住院，你想我们能依他们么？对不住，我还有事呢。"说完他狡猾而抱歉的笑着，敲起皮鞋出去了。

两点钟已到，老李疾步跑上他所熟习的病房去。他的太太那猪肠似的灰白面皮，松软得皱成几叠了。她支在枕上，正是直勾勾的朝门那儿望着。等他一到跟前，她就抓住他的两手，问服务机关交涉如何。又告诉他这几天更不能吃，耳朵又发聋，不回去真不成。老李摸摸她的耳朵，又看了一看，皱着眉苦笑着说："别着急呵，一两天总有办法的。"这话马上招起她用眼泪鼻涕和咒骂来反抗，说老李没心肝，自己在家拉四弦琴，舒服，竟不肯想象一下她在院中所受的孤独和迫害。"你难道忍心动那四弦琴。你受得了那自拉自唱的感觉么？"但是后来她又痛苦地抚着老李，说自己害了他。临走的时候，她呜呜咽咽的叮嘱他，三天之内定要设法弄她出去。"再不出去，我怕没有出院的日子了呵！"他走到过道上，还听见她这样呜咽着，夹着看护的责骂声，他只得皱起浓眉，挂着长眼角走出来。

四弦琴，四弦琴。这动心的东西被太太提出来，十分的打动了老李。他由医院走回来之后，发愣的朝那琴望着，以后郑郑重重由墙上把它取下，用一块绒布将琴周身细细的擦拭。擦完了，又用手慢慢抹去绒布屑，再用绒布蘸了一点白凡士林细细匀匀的抹上琴去，玛瑙色的琴身，就如少女的面颊似的鲜润起来，似乎要对他笑。他理了一下琴弓，把琴搁上肩头，动手要拉，但立时一种复杂的念头使他放下手，抱着琴又用绒布抹了几下，将它搁回琴匣去，推在一旁。自己咬着嘴唇，从口袋里把文章拿出来打开，抱着头用很小的声音来念它；他以为这样可以使自己的精神集中到文章上去，但是结果他只有站起来在满屋里走圈子。他不是不知道他还有这最后的一件宝贝可以救自己的妻出院，可是这架琴呀……这架琴！因为某种关系，他被做地主的父母驱逐出来，流到哈尔滨，在一家俄国酒店当了侍者。仗聪明，仗特殊嗜好，他学会了这琴。以后他回了Ｋ地。当他的妻带着医学博士头衔第一次和他同居时，她特地把自己的医生文凭卖了，替他买了这架四弦琴。若问十几年中在这琴里沁入了两人多少的悲欢苦乐，这张琴陪伴安慰了两人多少的孤寂和担虑，鼓励坚定了他两人多少的勇气和意志，即使那身受者也道不清楚。现在他似乎要这琴尽它最后的劳役了。为了妻出院的几十元钱，他借了钱往Ｋ地她母家打电报。没有回信，又给自己家里打，也没消息。他从同乡朋友转托人借，他登小广告要教书，几番几次他为自己一切所有的破书、破衣服估价，最后他跑去服务机关碰钉子。在这期间，他不是没想到这四弦琴过，然而他下不了那狠心。这东西是他们全生命的一部分呢。可是此刻他实在想不出窟眼去钻。一个人已经为了理想的缘故，向一切现社会关系告了别，对一切有权力有金钱的宣了战。到了这一定需要现社会关系，需要权力或金钱赏脸时，自然是山穷水尽，走投无路了。连自己的妻尚不知那天就要失掉，怎样能保全得了四弦琴！

老李提着四弦琴在街上彷徨着。他碰了几个钉子。首先他跑去外国木器店。人家听说他要押琴，那高贵的西洋老板连撇嘴都不屑于撇，就打发他走了。他只好跑到寒酸些的中国店来。伙计们看见一位红红面孔、浓眉毛长眼的音乐家提的四弦琴走进来，很文雅而有礼的招待。他却红起脸，把眼角挤一下，不自然的笑着将琴一举说：

"押这个，是不是，……"

伙计们对看着笑了一笑，一个人把琴接去，打开，一面看一面问："是押是卖，你说！"

"押的样子，不是吗？"老李有些高兴。

"押？没那规矩。你哪儿人？"

"云南人，不是规矩？……"正在窘的当儿，掌柜的走了过来。他把琴翻来覆去的看，又敲又摸。然后抬头问：

"你押多少？"

"一百块的样子，嗯？"

"哼，卖一百块行了，你为什么不卖？"老李把头一歪，浓眉皱了一下。他有许多理由决定不卖，但不愿和这人讲。"那么，押罢，二十元，三个月。"掌柜的又简短的说。老李瞪起大眼，看着那人笑了笑，低下头轻轻摇了一下，就收起琴又走出去，朝别的地方跑。一直跑到晚上，他才知道说二十元的那家，还算最好的。

第二天早上，老李从恶梦中被惊醒了。院子里有人叫。听声音是昨天会议席上那横担木笔的老张。老李把眼一擦，才想起昨晚一整夜没睡觉，约定的文稿没给人送去。他起来开了门，老张进来就收起摊放在桌上的文章说："好，你不送去，还要我来取。"

"不好交的，不是改好的样子，嗯，是不是？"老李说着从一个钉头上拉下一条黑毛巾，使劲在脸上擦了一阵。对于老张问为什么还没改的问题，他只能偏着头，用一只手搔头发，半晌把头一摇说："嗯……写不出……嗯……"

老张放下文章，看了老李好一会，带着有表情的样子说："你太太究竟几时出院？你的情形怎么了？"

老李扶着床沿坐下，低头不答。一会他抬起头望着老张笑一笑，说："没有钱，嗯……"于是他红起脸结结巴巴的把服务机关的回话，把押琴的经过都告诉了老张。老张留心听着。听完，他尽管直起眼望着窗外，不讲什么。等老李打了脸水进来时，他一把抓住他的臂说："你把琴交给我，我去走一趟，成不成，下午回你信。"他于是夹了琴，老李送他到院中，眼望着他把那十几年来从没离过身旁的四弦琴拿走了。

下午两点多钟，老张喜孜孜的走来，手上空了。老李心中一喜，但马上又一阵酸痛，几乎掉下眼泪，老张掏给他一张纸条说："这是人家的收据。说好了，五十元，一年为期。这是取钱的条子。明天上午九点拿这两张纸条去取钱，带个图章。"他刚转身要走，又想起什么事，就说："那篇文章你能改好么？明天早上，或者晚上。好，晚上罢，给我送去行不行？"老李给了肯定答复，他就走了。

这时老李真顾不及酸甜苦辣。他一口气奔到医院去。由特别许可见他太太，把这重要消息告诉她，叫她准备明天十点钟出院。那可怜的女人被这太好的消息，弄得几乎又发起歇斯底里来。她立刻叽叽呱呱的交代老李许多事，如何收拾屋子，如何叠床，如何她真高兴，如何她会快好起来。最后她又告诉他出院的手续是如何如何，她可以在十点钟之前就准备好，等他一来就走。又千叮嘱万叮嘱叫他千万别慢了一秒钟，她会眼巴巴盼着的。……十分钟真不够说许多高兴的话，老李又被看护赶走了。倒也不要紧，好在是明天就回家。

　　第二天，老李带了条子出门，又带了那改好的文章，取了钱，要顺道把文章送去，不要再耽搁发稿的时间。他到那家乐器店接过那艰难的钱时，很希望最后一次能见着那琴，但是没有。从那儿出来才九点半，他就走上老张家去。这平常颇热闹的杂院现在空空静静，一个人没有。他走到老张窗外，轻轻叫"老张！"一声没完，就听见后面一阵飞快的脚步声。他来不及掉头，一只手已经被人抓着，随着绳子就反绑过来。同时老张的屋门一开，几个宪兵站在门口，用枪口对着他。一会儿，老李被两名宪兵押出门，正听得房东的钟叮……叮……叮……敲了十下。

　　（载一九三五年七月二十二日《国闻周报》第十二卷第二十八期）

公孙鞅

公孙鞅进相府不久，就弄得善良的相国公叔痤不知不觉改变了原来怜悯救济他的眼光。他渐渐尊重他的言语，甚至，说也奇怪，似乎有点怕他。

以至，有一天，公孙鞅带着他并不高且有些清瘦的身子，弯鼻梁，深锐的三角眼，直直站在公叔痤的书房里了。公叔痤不曾请他，他自己就庄庄重重的走进来。

公叔痤忙着推椅子，拍肩膀，一脸抱歉的笑，喊公孙鞅坐下讲话。

"请相公给我一点恩赐。"公孙鞅说这句话，是带了极大的自信，这由他突然截止，紧闭薄唇，好象捉住了回答的姿势可以看出。

公叔痤觉得有些不舒服，他装着硬声音说："什么？"他是善良的，这"什么"两个字有"尽管说呀，我在听呢"的腔调。

"府上花园北角上有一所小屋子，我在那边住，较比，较比和群僚们在前厅里要清静。"

"哦，哦，你怕烦嚣，是的，是的。那小屋很冷静呵。"公叔痤拈着胡子望公孙鞅，眼中有一些怀疑。

公孙鞅毫不迟疑，很快在脸上改上温和的神色，两手恭敬的拈着冠缨，弯下腰说："相公自然懂得怎样栽培人才！"

"好的，好的，我就下令，让你好搬过去！"

公孙鞅更不等他转别的念头，他再弯下腰用庄重声音说："谨领相公命令。我今天就搬。"

说完，公孙鞅即刻退步出去了，公叔痤茫然自失的坐在书房里。他心里有些后悔，但又不明白为什么要悔这件事，好似在半路上遭了打闷棍的样子，又好象受了欺骗。想来想去，觉得不该这么容易答应手下人的请求，特别是公孙鞅的请求，只是又为了什么不应该呢？这件事从各方面看来都没有做错，错了也没损害。

"总之，"他拈着胡子想，"公孙鞅这孩子不好让他出头。要不然，不知他会干出些什么翻天覆地、欺上害祖的事故出来。——咳，咳，孩子是好，有才气！太辣！太辣了一点！"他摇头不住。

公孙鞅在小屋里为自己开辟了一个小静室，在他的卧房后面。这意思说："朋友们到了卧房就算了不起了，而这卧房后面只有公孙鞅的心才能进去走动呵。"

但也不尽然。一个沏浓茶，点醒香的小童儿昭音，就常常带些七七八八的故事流言到那里面去，增加公孙鞅明白人，憎恶人的材料，磨亮他控制人的明快刀子。

"我相公可怎么苦苦恼恼呆在这儿呢？管这些公子王孙拉尿撒尿的麻烦！"昭音常常叹着气自言自语，他可不敢对公孙鞅讲一个字，关于公子王孙，是一声儿都言语不得，要不，公孙鞅一瞪三角眼，就是几马鞭。 公孙鞅从走进相府来，就当着这"中庶子"的小官，替公子王孙记下些生儿养女、婚婚嫁嫁的闲账。 公叔痤夸奖他的话，听得都厌烦了，他还是这么个松散的小官儿，用很多的时间在那间小静室里披翻刑名法律的简册，象《吕刑》[1]、象子产的《刑书》[2]、象邓析的《竹刑》[3]，乃至于象周公的《大诰》，《酒诰》，《梓材》[4]，这些书传堆满在他周围。

倦了，他便呷口浓茶，闻一鼻子醒香，走到花园里去瞄准了鸟儿的方向，就是一石子。 他的石子总是算得准。

"来，昭音，拾起去！"这样的声音听到时，昭音就知道他今天的事作得好，公孙鞅赏给他石子底下的收获。 昭音尽管高兴的跑来把鸟捡起去，他可不敢夸赞一句。 那时公孙鞅的弯鼻子会哼出闷雷一样的狠声。

"你也配得上夸赞我吗？"那声音仿佛在摇着拳头发狠。

"谁配得上呢？"昭音仿佛在心里答复着，"骑着马儿在王爷的园圃里赶鹿的王子们吗？穿得花花红红在宴飨上招待外宾的王孙傧相吗？不。 多少事连公叔相公都要请教我主人的，我主人并且是姬姓天王的后人呵，却是冷在这小花园里，没有一个贵人来看他！"

公叔痤病了，昭音天天把病情报告公孙鞅，发烧退烧，头疼手冷，一天的变化一点儿都不漏不错。 天天上门来看病的是些什么人，也给他记得清清楚楚。

公孙鞅在小静室里推察公叔痤的病情，心里滋生着烦恼。 照病况断

---

[1] 《周书》篇名，周穆王作。——作者原注
[2] 郑子产铸《刑书》，见《春秋左传》。——作者原注
[3] 郑邓析刻竹以为《刑书》，见"春秋三传"。——作者原注
[4] 均《周书》篇名，在《酒诰》、《梓材》中，周公诰诫其弟康叔，如何控制殷之遗民。《大诰》是周公控制殷民的演说辞。——作者原注

去公叔瘃活不了多少日子了。这个人一死，魏京城更无可待。天下纷纷，贵族政治在沉湎腐烂，难道公孙鞅就这么沉在公子王孙的脚下么？

按照习惯，闷时他提了宝剑去花园台上舞剑。这工夫使他浑身通畅，在剑花飞舞时，他感到了心的发皇，愤郁的宣泄，仿佛身立在白云顶上。

忽然，他听见了打锣打鼓，围墙外面的喝道声音。一队队肥肥胖胖的公卿贵族，白净得和他们坐下的白马一样，列成对子在前引道，后面黄罗伞底下是那魏王的七香辇，缓缓向着相府移上来，小百姓都被赶得在屋檐底下爬伏着，象母鸡孵雏一样。

公孙鞅心有所触，立时收了剑花，厌恶的吐了一口痰，回到屋里唤过昭音讲了一句简单的话，那孩子立即灵动的跑上前边去了。公孙鞅望着他的背影，点了点头，转身走进他的静室由床边摘下一条嵌玉屑的马鞭，仔细看一看，掌在手里摇了一摇，重复挂在床边。

有些往事是他忘记不了的，且也不肯令它们被遗忘。他很小就知道他是姬姓王族的后裔，他落魄了的爸爸穷到没饭吃了，还宝贝着一只铜彝，不肯卖掉。他一面摸着那东西，一面垂着眼对公孙鞅说：

"先王分给我祖宗的，天王的赐品！我们是姬姓的子孙呵，知道吧！姬姓的子孙，文、武、周公的后人，记住！"

从小确乎是把姬姓的子孙几个字的意义记住了。在街上的顽童堆里，他总是抢先站在队子的前面，扬起指挥鞭高声的叫：

"听令！武王下令，先过河有赏！"

有一天，正是他叫着喊着，指挥队伍的时候，忽见街头扬起一团和旋风相似的白尘烟，滚滚冲下，一群闪眼的骑士由一位漂亮威风的王子领着，象云彩一样卷过来，冲破了他那褴褛的小小队伍，飞掠而去。孩子们在马蹄下连爬带滚的号叫，公孙鞅，这位领头的姬姓子孙，被马脚利落的抛下了道旁阴沟，糊了一身一脸的烂污泥，在沟中鼓荡着爬不起来。

"哎呀，看，活象只乌龟呵！"一个孩子猛的指着他惊叫。

"真的！真的，活象乌龟。"

"烂泥乌龟！"

"哎呀，烂泥乌龟，烂泥乌龟！"孩子们拍手笑着叫着的跑了，从此烂泥乌龟就变了他的绰号，没有人再理他是什么文王、武王。

孩子打那时候起，就决计丢了指挥鞭，咬紧牙根转了另一个方向。等他父母一死，他把那个古彝卖了，把家卖了，把文、武、周公收拾起来。他的心象流着血一样的渴想用自己的手去控制，去报复，去扩张！他得用他自己的方法，而不是姬姓的子孙那条符咒。

公孙鞅站在窗前咬着嘴唇，深重的耻辱变作恶辣的笑纹，刻在他唇角边。能力已经到了他手里，他看准那般油头肥脸贵族王公的糟腐，可是在哪儿下手，给那些糟腐溃烂致命的一拳呢？

公孙鞅握紧拳头，一口一口呷着浓茶，心里盘算天下大势，估计几个国家的得失。一时间，门外急促脚步响，他机警的掉转身，昭音已经走了进来，擦着额上的汗，急急禀道：

"启相公，王爷在前院探公叔爷的病症，太医奏明公叔爷的病已经不能好了。"

他停一停，看看公孙鞅强烈地注视他的眼光，便警敏的说：

"公叔爷对王爷提了您。"

公孙鞅回身床边，摘下那条嵌玉屑的马鞭，拿它在昭音眼前一晃，说：

"讲得清，这条马鞭是你的！"

昭音忙先趴下叩了一个头，说：

"谢您的赏！——王爷拉着公叔爷的手问：'公叔，你这病不轻，万一出了事，国家怎么办呢？'公叔爷那时在枕上叩头，好似辞谢国恩的样子，随着对王就提您说：'这话臣一向不敢提。现在臣手下有一个"中庶子"公孙鞅，年纪虽不大，却有奇才。愿王爷将国事完全交给他。'"

公孙鞅眼神一转，将嘴扁了一扁，做冷笑的姿势，却不言语。昭音不甚懂公孙鞅的意思，望望鞭子，舔舔嘴唇继续说：

"王爷听了这话，很久很久憋着脸，一字不响。公叔爷那时就把身边人都打发出去，（他老不知道我躲在隔扇后面呢。）对王爷说：'王要是不听我的话，请务必把他杀死，万不能令他逃出国外去！'"

昭音看着公孙鞅，见他只又笑了笑，心里有些狐狐疑疑替他急，怕的是自己的话他还没听清，便又说道："公叔爷叫王爷赶紧害死您呢。"

公孙鞅似乎没听见的，将鞭子丢给昭音；昭音拾起鞭子，脚下趔趄着，却不走。照习惯，他原不敢再开口了，可是这次他却老觉得心里热热的，俄延着。一会，他慢吞吞朝公孙鞅的背影说：

"王爷已经答应了公叔爷呢！白死在这里！还不如——"下半截却被公孙鞅闷雷一样的哼声打住了。公孙鞅擎着茶，并不掉头，沉声说："出去！"

小童走了之后，公孙鞅定好主意，换了一件衣服，打量着魏王已经走了，就起身去看公叔痤。半路上恰恰遇见公叔痤派人来请他。他便随那使者走去，心里猜得着公叔痤为什么来请，并不向那使者打听。

公叔痤病在内书房里，公孙鞅进去时，见他脸子发红，不知是发烧还是什么原故。他一见了公孙鞅，就有不自主的惭愧流露出来。公孙鞅装着不理会，反而极大方，极坦然的立在床头，殷殷致问。公叔痤伸出惨白无力的手拉着他的手，叫他坐在床边凳子上，眼光中涌上无力的躅蹰，似乎全辈子的惭愧内疚，都积在这一时而爆发了的样子，说：

"老弟，我很对你不起，很是对你不起！方才王爷来了，你大概是知道的。王爷，他，要我保举身后代相的人，我，我举了你。"

顿一顿，见公孙鞅镇定的全无表示，他只得接下去：

"可惜王爷当时颜色闷闷的，不肯答应。那时我，我怎么办呢？一边是君，一边是朋友，两面我都得保卫，两面我都得替他们设划周全。我怎么办呢？并且，君的利益应该在先呀。"他望望公孙鞅，硬着一口气讲下去："所以我只好对王说：'王若是不用鞅，就赶紧杀死他。'王已经答应我了，你赶快逃呵，要不，就有人来捕你了。"

公孙鞅看着公叔痤那样老实到可怜的样子，心里微微有些感动，但他断不能令公叔觉得他有什么畏惧、软弱的情绪，"并且，"他想："谁知道，我若是告诉他我真的要走，捕我的也许会来得更快。"

他打定主意，便斩截的对公叔说："请您放心吧，王不肯听您的话用我，哪里又会肯听您的话杀我呢？我哪里用得着逃命！"

公叔痤被他抢白一番，倒觉无话可说，叹了一口气，看着他辞出去了。

公叔痤死了以后的公孙鞅，果然还是纹缝无恙的住在公叔府里，只是更多的时间，自己坐在孤独的小静室里，更多的用石子掷鸟，更多的舞剑。昭音夜里双手擦着眼，点起脚尖走进来替他冲茶，完了就坐在外面打瞌睡。白日里，他学着主人舞剑，舞他得意的马鞭子。结尾，总做个煞手的姿势，然后将臂膊一抱，双腿八字分立一弯，带着宽笑，点点头，显出武士风度。以后，他又站好，歪头作出观赏沉醉的样子，自言自语说：

"好！好！这剑舞得真出色！相公真了不起！"

公孙鞅默察天下大势，已经由封建中心的周室过渡到了群雄争长的局面。正统的封建纽带，已经解体。自从卿相大夫的篡国，田齐和韩、赵、魏三家突起了以后，旧日以贵族权力为政治统治机构生了动摇，聚族而居的大家族制度，专门剥削农奴的土地组织，一面使社会上寄生虫增多，加紧腐朽溃烂；另一面将土地自然的生产力霸勒住了，使地不能尽利，人不能尽力，造成荒芜、天灾、饥馑、流亡。人民在精神上失了统驭的中心，统治者只以荒乱淫靡、滥虐权威，自欺自杀。七国互争雄长，可是没有一个国家能够以真正中治时弊的革新克制群伦。一种新的经济社会政策、新的统治方略，必须产生来适应时代的需要；而这新政策、新方略，正是把握在他的手心里！哪里去展布呢？在哪里去施为？关东诸国，因为过去的传统习惯太深，沉迷陷落，很难挣出贵族政治的漩涡，有所改作。独秦国远在关外，向来很少直接受到周室封建威力的统治，要改造起来，阻力只怕比较少些。要打破贵族统治，来一番作为，只怕还是要到那边去呢。

公孙鞅的看法对了。赵武灵王胡服骑射以教百姓，想不到从政治经济根本着手，以改造国家，所以他身死名裂，赵国终于不振。而那远在西陲，不入教化的秦，却是到了献公手上就起始来寻求复兴和再生。到了他少年英明的儿子孝公即位时，更加看清了中原无主。而秦国的偏僻无知、软弱不通文化，又不足以推进中原，去作一个担负更新时代的新兴强国。这位新君想来想去，决计不管宰相甘龙老头和贵族公子们的闲话，自己硬作主下诏求贤，他诏书上说："宾客群臣，若有能出奇计强秦的，我封他官爵，并且分土地给他……"他所要的是有奇才异能的宾客，这是很明白的。

隔河在魏的公孙鞅，由秦国一位朋友那里第一个先捧到了诏书，他愤郁狂傲的心，是如何欢跃的倾喜！他感到了一股划破光明与黑暗的虹彩，闪耀在他眼前。丝毫不作犹疑，立刻他不动声色的，将小静室里面凡需要的一切，都收拾在行囊里，然后唤昭音来给他整行装。昭音本是好动不好静的小孩子，又为主人微笑的面孔鼓励着，听见要出门，就高兴的翻上床去，将公孙鞅的敝旧被褥抱起，骑马式的坐在上面，一面弄绳子，一面唧唧嗻嗻的说："相公升官了，是不是？在这京城里呆了这多年了，再不走，鸟儿都得给咱们打光了！"

"现在我得上别处打大鸟去了，小子！"

"对了，打大鸟！咱们乡下的鸟，有一张公叔相公的琴那么大。"他歪头看公孙鞅，红着脸笑笑的说："打着那么大的鸟，相公还赏给我吧？"一面说，一面推着行李跳下床来。公孙鞅在他头上带笑的摸了一把，说："事情办得好，有你的。"

就在那天夜里，两骑马乘黑离了安邑城。

"再见吧，安邑的人们！且看我带来什么给你们！"

公孙鞅远远对着那梦中的大城，说了这句清晰的话，便不留恋的撒开缰绳，向前途疾驰而去。

二

秦孝公坐在宫里等景监，心里是失望，脸上是烦恼，象一切君王们的烦恼一样，带有怒的威严。

"景监这老糊涂，交这样一个不长不短的朋友，还当他什么宝贝！"

看见帘子底下转上来的景监，孝公便怒声叫道：

"老景，老景，你的客人是什么光棍？你要他来麻烦我？"

景监惶恐，跪下连连叩头，奏说：

"主上息怒，公孙鞅是外邦草野之臣，不懂大道，奴才罪该万死！"

"简直是个糊涂虫！满嘴里说梦话，什么都不懂！哪还配用！"

"是，是。"

孝公虽是满心生气，见景监老实可怜的惧相，觉得他犹可原谅。转念想人才本是难得，下诏求贤，总得容见几个无聊之辈，好人才能上来。若是骂得景监太厉害，别人见了不会寒心吗？

这样一想，他宽大的心里转觉释然了。望着地下的景监，手一拂，说：

"起来吧。那个东西不能用的！知道不知道？……知道了，就行，往后得带好的上来！这回我不追究，饶了你！"

景监满心委屈的回到家里。见着公孙鞅把手一拍，摊开两臂失望的嚷道：

"叫你听我的，听我的，你不依。害我挨骂干什么？"

公孙鞅抄手坐在那儿，脸上笑笑的不理他，仿佛看到了什么新东西，有把握的样子。

"你倒一点都不在乎！告诉你，这一下子你就完哪，可别怪我老景不出力。"

公孙鞅站起来拍他的肩膀说："不，不会，老朋友，你还是会给我出力的，你一定！"

景监呆一呆，过一会说："也许，也许，"他抬头看看他的朋友，再说："也许，也许。还是我那句话，我可以和宰相甘龙老头子提你，公子虔那里也能说话。你知道，因你不愿意，我还一字不曾提你呵。"

他的话没曾说完，把个公孙鞅气坏了。他满脸布满辛辣的恶笑，数着沉重的声音说："你不会！你也不能去提！我想。你还要我这个朋友！"他锋芒四射的盯准景监温厚的眼，迅疾的间："要呢不要？"

景监不知不觉退了一步，已而把公孙鞅的手一拉，说："得了，得了，你就是这样。"这就算他让步了。

公孙鞅在秦国住了两年，还是一个白衣，咬紧牙齿在自己的小屋里披翻简册，调查秦国的情形，制造方略。他决心征服孝公对他的信仰，不肯离开冷酷的秦国。中间他又见了孝公一次，情形比较好。有一天，他忽然亲自走到景监屋里，景监是在椅上打瞌睡。

"好友，现在再领我去见你的君主！我已经准备好了。"

景监朦胧地挥手："别穷开心。我这回真不去哪。"

公孙鞅不理他，自己抱着手转头就向外走。慌得景监跳起来拉住他，问他要干什么。

公孙鞅笑笑的象哄孩子一样，推景监重新坐下说："我以为你要我自己闯进去呢！我是没有什么不可以的，你知道！"

景监犹疑的看着他，说："不是我不去，可这两次三番的不得面子，还有什么劲儿呢？"

"不要紧！这回准成！并且，我知道君王有要见我的心。"

景监半信半疑的看了他一眼，走了。过了一会转来，望着还在屋里候他的公孙鞅，愁眉苦脸的叹气说："唉，不行呵，"一句话未完，他自己忽大笑了，推着他的朋友说："走吧，走吧，小子！那儿等着你呢。"

公孙鞅走了之后，景监兀自心神不宁，等了很久还不见回。慢慢太阳都偏西了，屋子黑下来，快要掌灯了，还不见公孙鞅的影子。景监怕得很，又担心，想着公孙鞅又聪明，又豁达，敢说敢做，是条硬帮帮到底的好汉子，莫非就这么完蛋？熬不过了，他便自己整到宫里去打听。宫里到处掌了灯，有几个太监坐在院子里石阶上低声闲话，见了景监，大家连忙招手。景监知道孝公在屋里谈话，便轻轻走上来。大家告诉他，公孙鞅在屋里讲话，好不得君王的喜欢，且讲不完呢。

一个老太监说："我就听见里面君王时时笑，还拍巴掌。真的，从来没见他老人家和人谈得这么痛快。"

一个小太监却抢着说："我进去倒茶时，就见君王全个儿向着公孙鞅先生倾着，屁股只挂得点椅子边儿，好亲热！"

一个太监打了他一巴掌道："要你眼红做什么？你还想？"

景监忙笑笑的摇摇手，自己又轻脚轻手溜出去。不一会，公孙鞅就满面春风的由宫里打着灯送回来了。景监接着，先恭喜他，就问：

"你这回和君王讲些什么，叫他老人家那么高兴？"

公孙鞅抚着老友的肩，细细看他，他脸上是洋溢着坦直无私的欢喜，公孙鞅看在心里，觉得十分感激。他握着他的双手紧紧摇着，把谈话的大约情形，跟他讲了一讲，然后又高兴的说道：

"君王是非常有决心，勇敢。他明天要在朝廷上提出我的革新意见，还叫我自己白衣入朝去参加讨论，这可是贵族朝廷里少见的事。我的意见书和办法，他都接受了。我明天要独自一个去对付那些寄生虫的贵族公卿，我要把他们从那吃肉不作事的高位上都抛下来，掘掉封建贵族的台盘子！"

三

这是秦国转变命运的一个清晨，在这份对于秦国是带了暴发户性质的命运后面，走着古中国的一个新时代。

西北的高天是欢悦的艳明，象发光的蓝水晶，太阳金闪闪，从远际暗暗镶上水晶边沿，烘起一圈宇宙的晕润，如天的冕旒。

于满殿的肃静中，秦孝公端正的扬起他宽洁的前额，坐在宝座上。黄白色方正的面孔，在那上面每一粒毛孔，似乎都张嘴在很快呼吸，来不及的吮吸着金的阳光，抢着撷取水晶的明艳，来培发一位少年君主的辉煌。君主坦适的微笑，笑得几乎不可见。他长而稳重的白手指，象懂事的朝臣，按他的需要在他面前的简册中走来走去，仿佛说："要看这一片？您别忙，让我给您挪过来，看，这不是吗？"或者："是呵，是呵，这一片上讲的很要紧，法律不行，人心没有向背……对呀，您知道得准。"

消息已经宣布了。大臣们折眼闪眉毛的期待着，故意闭紧嘴唇，显出自己对于责任的敏感，也提醒自己别在新出现的事物面前丢了身份。有的便起始在心里来研究这新事情的称头、色相，对自己、对人家。当然，心里虽十分用力把国事提在前面，那尖头的自己老是由国事的胳肢窝里钻出一只刀子样的眼睛来问："干这种新事于我有什么份呢？那时要把我搁在哪里去？"但小的朝臣们却多半是伸头缩颈，东张西看，又朝了殿外阶墀底下望；些些响动，就你碰我的胳膊，我撞你的肩，随着又扬扬眉毛做出失望的样子。他们是被没有色泽的好奇心所挥动，如山坡上感受了未来风势的群羊。

宰相甘龙额下飘着半尺长的白须，披在红袍的前胸上；下巴软软垂在胡子的里面。交着手，挺着胸，站在朝廷班首。在他凝聚的眉毛下面，仿佛已堆积了一团保卫国家传统的刀剑。他俨然如一尊记路山石，立在那里，似乎说："看我，你们都看我！"

杜挚，他永远摸索算盘的手指，在神经质的跳动。鼠子样窜着的眼睛，东溜西溜，仍然又回它的老目的上面去，那是君主的表情。他看了又看之后，他皱纹特多的那窄窄前额上，时常闪过象云雾一样的东西。"有什么利呢？有什么好处？"他的鼻子尖就越发钩起来了。一时他的鼠眼窜上了另一个同伴身上，做出寻找同情的神气。但公子虔却失陪，没有招待。他今天穿上了一对新的挖花膝裤，一对亮灼灼的黑靴子。这时候尽望自己的脚，又时时提动衣服。雪白圆满的脸上攒聚了一堆焦急，微微泛红。他的头巾穗子，轻轻颤摇；厚嘴唇嗡动着不耐烦。他穿了新膝裤的腿，似乎在嚷："把我搁在这里干什么？我得跨在马上呀！把我的膝裤老是盖着，不能忍受呵。"

威重的大殿，如临盆的产母。

阶墀下面的阳光里，直挺挺走来了那位众人所期待的白衣。他穿着纯黑的青衫，腰上系着一根金色条子，穗子长长垂在襟前。勒在高爽的前额上是一顶黑色的冠，冠缨稳稳结在额下，那里有一圈素白领子托住全份的端严。警惕的三角眼这时是牢牢踞着不动，象是过度矜持，又象是防敌。

公孙鞅站在孝公的宝座前面，用为臣的本分微微低着头，听候上面来的言语。他的神经，却早已在他的皮层下面跃跃活动，各处探头奔走，打听消息。许多怪形怪气的眼光，由满庭朝贵投射到这个身体上来，都被它们探到了。这些眼光，有的是藐视，有的是讨厌、嫉恶、不耐烦，有的象是打了个呵欠说："原来这么个穷酸呵！"因此，就坦然下来。还有那些希奇、诧异、不相信，单单没有愤怒和欢忻。公孙鞅将每一种射来的眼光，收来在心绳上打一个结扣，他仿佛在用手指敲着那个结子，倾听回声里有多少力量？这力量，他也在心上刻下来，他是任何地方都不肯放松的。

孝公的响亮声音在殿上震动，大臣们全都提提脚跟，伸长了脖子：

"群臣大夫，我三年求贤，要图改造国家，继续先君穆公的大业。贤士公孙鞅不远千里来到我国。他对于我有所献议。但是依据他的献议，我国其势不得不对于例行的旧法加以改革。这是国家百年大计，诸大夫可尽量发抒意见。公孙鞅也可以坦白说话。现在，公孙鞅，你先陈述你的理由。"

公孙鞅稽首，然后转回脸朝外立在宝座一角上，心里禁不住有一点跳，但他把住了镇定，看着孝公说道：

"君主，诸卿大夫，怀疑一种行为，那行为就不会完成；怀疑一件事业，那事业就不会有效果。行径高人一等的，世人原不能谅解他；见解独到的人，一定会被一般人訾议。愚人为既成的环境所蒙蔽，聪明人却在事先就见到了。创始的功业，原不能求一般人赞许；等事成了，一般人自会来享受。讲求最高的德行，就不会与流俗相合。要立大业，也不必求人人都同意。"说到这里，他顿一顿，眼光将群臣一扫，加重了语气，高声继续说道："因此，圣人只要能强国，不必取法旧规！只要可以便利人民，不必墨守成礼！"说完，再盯孝公一眼，就停住了。

"说得好！"这是孝公响亮的赏赞。

宰相甘龙这时可急了。他的白胡子抖抖的，下巴肉也颤颤摇动。他扯起沉重的眼皮，从班次里庞然移出沉重的身体，走到孝公面前把双手拱着一举，用元老口腔说：

　　"这话不对，不对！圣人不用变易人民的生活，就能够施教化；有智慧的人，"他昂然斥了公孙鞅一眼，"用旧法子照样能治理国家！顺着一般人的习惯来施教，不消费力就可以成功；沿着老法子行事，官吏既弄得惯，人民也不觉得烦扰。还有，还有……"

　　公孙鞅见他摇头结舌，便不客气的截住他：

　　"甘龙这话，是世俗一般之见。常人苟且偷安，学者执于旧闻。这两种人只能奉公守法，作个小官儿罢了，哪里能和他们讲到超于旧规以外的事？三代不用同一礼教，却都王了天下，五霸都作了霸王，也各有各的路径。聪明人作法以适应新情势，愚人却为法律所制。有才能的人改革礼制，无用者才被旧礼制捆着呢。"

　　杜挚尖着两眼，看住公孙鞅，心里着实不服气。孝公是只管点头微微笑着。杜挚见了，感觉得心里空虚。宰相甘龙气虎虎的站在宝座底下，似乎想不出话来讲。以班次以地位，杜挚觉得朝臣的眼锋，都在逼他说话。他只好走出班来，硬着头皮对公孙鞅讲：

　　"我想，除非有一百种利益，法律总不好改变。除非看到有十重功效，工具是不方便改换的。学古总不会学出罪过，按着旧礼走，是不会出岔儿的哟。"这位先生是管财政的大家，他的账簿写得清楚极了。他说话的时候，手指拨上拨下，仿佛在空中打算盘。

　　公孙鞅最看不起这种奴性的"现实主义"。他冷冷一笑，面对孝公说：

　　"治理国家的方法不只一种。只要于国有利，不须效法古人。试看汤、武作了天王，并不是学的古法；而夏、殷不曾改变古法，反而失了天下！反古有何不对，循礼有什么好处呢？"

"对极了！"孝公不知不觉的脱口嚷了出来。只这一声，就如命运已经宣判了一样，全个朝廷都哑默无言。公子虔看着公孙鞅，心里好不妒嫉，心想这穷小子怎么这样投君王的缘分？但是他也不说什么。他只巴不得孝公一挥手，他就好一溜烟奔出去跑马射箭去。他看着杜挚、甘龙，反厌他们废话。"谅这小子不过穷得发了疯，哪里就真的会变什么法！"他翻着眼想。

他的朋友公孙贾，正伸出头也想说几句话，只是被孝公一声称赞骇得缩住了，于是急咽口水，装出怡然自得的神色，看了那两位失败者一眼，仿佛很凭吊他们的打击。

在不受抵抗的局面之下，公孙鞅受命作了秦国的左庶长，执行变法。

四

公孙鞅由景监家里搬出来，在自己住的房子里仍然辟了一间小静室，将他的书籍、简册、意见，完全堆在那里。便日以继夜的在那屋里计划他的改革，草他的法令。此时因为他是新贵，又显然是君主的宠信，所以天天送羊担酒来看他的很多，童儿昭音趁此倒发了一点小财，接受了几个门包。又有人打听他没有结婚，就走上门来替他作媒，却是吃了一鼻子冷灰。当然，公子王孙卿相大臣来的还是少，大家有点瞧不起这个暴发户。公孙鞅并不是看不明白这种情形，他只咬着牙齿坐在桌子前面，冷森森制他的法令；倦了时，将所有王公贵人的名册（他自己编起来的）

摊开来，用刻法令的刀尖，一个一个的将他们挑起来，抛开去，恨声说："滚开去！你在这儿有什么用？你这条小爬虫！"接着他结束了选择，握着拳头站起来说："好！现在看吧，让公孙鞅全打发你们进地狱，一个也不能饶！我难道没有说过？"

谁也不知道他的葫芦在卖什么药。有一天，早上卖菜的张三挑菜进南城门，忽然觉得黑黝黝不大敞亮，留心看，原来里面城门口无缘无故当地立起一根看不见顶的大柱头，有一堆人挤在城底，扒着城墙看什么。张三挑着担子也赶过去，见那柱子不过是根光木柱子，上面什么也没有，约有三丈来高。城墙下人头涌涌，不知争着看什么。他过去探了探头，纹缝挤不动。他想，见了什么鬼。顾着卖菜，他就挑担子回头径奔大街上。不想一路上都碰见有男男女女，朝南门跑下来，象奔庙会似的。大家嚷着笑着说：

"真奇事，可真是祖宗百年来没有的呀。"

"谁干呢？就有赏，谁干？"

"一定是疯了！"

"是听说那新庶长弄的呵。"

"对了，怕是假名字帮穷人。"

"帮鬼！骗你的！"

这些人一路嚷，一路跑，但是也有回头走的：

"见鬼，鬼信！"一个人吐了一口痰，从张三肩头擦过去。张三望了一望，不认得。他顺嘴接着说：

"那木头么？"

"可不是！叫人搬，笑话！"

"作什么？"

"谁知道？还有赏。"

"赏木头？"

"啐！你这人。赏搬木头的。"

"还有赏吗？赏什么？"

"自己去看吧，"那人三步两步就不耐烦的走了。张三卖了一天菜，耳朵眼睛里沸沸扬扬、花花绿绿的闹了一天，无论走到哪个角落里，都听见人在议论，在笑，在不信。疯了，凭空要人搬木头，还要赏银子十两。城里象开了锅的一样闹嘈嘈的。

公子虔把肚子都要笑破了。他也跑去看了那根蠢大木头，也看了公孙鞅的告示。十两银子叫人把木头搬到北门去！他又好气又好笑，几乎就要冲上去把那块告示打掉，还亏得公孙贾机灵的扯住了他。

"理他干吗？让那小子丢人去！咱们落得。"

公子虔就打着哈哈，把笑话讲给他的学生太子听去了。公卿大臣都看着公孙鞅冷笑，手擦擦的准备在他的脖子上下手。为的这人一上台，他的糊涂的玩笑，就引起了满城的不安。作兴会要闹出大乱子的。那时候，即使君主袒护他，只怕他也不能再那么出风头了吧。

一天，两天，三天，大木头还是那么傻气的站在南门口，象一尊不祥的开路神。人民由惊奇而冷淡，没有目向的大风，扫过了那张陈旧的告示，把它抛弃在凄冷里。

公孙鞅在自己的小屋里，气得跳脚。楞起三角眼，盯住一堆简册，牙齿切得山响，用几乎辨不出字来的齿音，撕裂他的言语：

"一定是！一定是有鬼！昭音！"

小童灵警的跑进来，知趣的站在盛足了愤怒的主人面前，擎起耳朵。

公孙鞅拿着一个小银锭对小童说：

"大木头的事，这两天没有听见什么新鲜吗，小子？"

"前两天茶楼里还都当新鲜谈着，也有些人想试一试去搬，现在简直少听见了。"

"听见有人造谣没有？"

昭音望望主人，似乎揣测他要知道的是什么，想了想，答道：

"多少人想去试，都有人让他们别去，说是骗他们的。"

"让他们别去的，是什么样的人？"

"说不清，也就平常人打扮。"

公孙鞅哼了一声，将银锭朝桌上一丢，拉过昭音，将一张字条交给他说：

"把这个拿去叫他们刻了，再张出去，还有——"他目光如电的射住昭音，用打量他的神色，然后低头慢慢的说：

"就在告示旁边看，见了那天天去看告示的傻子们，就抓住一个。"他回身指桌上的银锭，对昭音点点头说："看见了没有？想的吧，小子？"

公孙鞅在昭音的耳朵上，把所有该指教的言语，都说过之后，眼看着童儿机警的跑了，心里很是高兴。他命人把五十两银子准备好，他有把握，这一次一定有人来揭他的告示。

他的算法是不会错的。人们从新又奔到木头和告示底下去了。张三那天卖过了菜，也回到那城墙根下来坐在地下，把钱数数，一担菜只卖得一千〇五十二个大钱，天天灌园子，拔草、挑菜、跑街，累得要死，积了一年工夫，也不过三十几千钱，还要吃饭穿衣，干脆说，肚子就没饱过。等到徭役来了时，连这点钱都还没有。他瞅着那根大木头发楞。别人告诉他说，现在搬了它可得五十两银子呢，比以前加了四十两！他盯住眼看那根木头，仿佛木头在扩大变成了一尊银神，伸出发光的两臂来拥他。他站起来，身不由己的走去用手在木头上摸着摸着，又用头去碰一碰。

"喂，卖菜的，搬呀！"一个人看着他，哈哈的笑道。

"搬呀！搬呀！五十两呵！"人丛中叫。

张三赧然的朝人丛看了一看，转身红着脸又走出来。人丛中却又叫着：

"发财呀！傻子，五十两银子落在头上，还不要！"

张三脸烘烘，心里昏昏热热的朝外挤，忽觉得衣服被人扯着走。他莫名其妙地，也没看清人，就跟着踉踉跄跄蹩到了城脚茅厕里。一看，那是穿得齐整的哥儿模样的一个人，脸上匀白秀气，一脸团团的笑。他望着他再不言语，却从袖手里掏出一块银子，爽直的递给他，说：

"这是十两，去搬！搬好了再给四十！"

张三筋脉偾张的抓住银子，红起眼望着童儿，把银子紧紧一捏，扳住童儿肩膀问：

"木头是你的？"

童儿将他一推，再从袖子里掏出一块更大的银子，雪晃晃对他一亮，命令的说：

"去搬！我担保！"

张三双手扳紧童儿瞪住他说：

"好！好！你担保！不是骗？不是骗！"

童儿推他往外走说："瞧我这象是骗人的吗？一分银也少不了你！"

张三头也不回的就跑出去，红着脸象疯子摊开众人奔到木头底下，也不顾众人的呼啸叫笑，扳过木头驮在肩上。也许由于心里高兴，那木头样子虽大，他驮起来却并不太重，仿佛里面是空的。张三这一喜，真用得上"非同小可"几个字，好象一个世界都被这根木头打倒了的样子。他就半拖半驮的，带了木头朝北门跑。引起一个城市的人群，潮潮涌涌跟在他背后，他把一根木头和一个城市带去了北门！

现在，公孙鞅是站在他的府门口。他手上托着五十两白花花的银子，对着张三，也对着整个惊愕、艳羡、仰慕、希望的雍都居民。他唤过张三，拍他发抖的肩膀，给了他奖励，然后对众人说：

"张三按着条示将木头由南门搬到了北门，条示已经许了赏他五十两银子，我现在奉君主命，将这银子送给他，为的是他遵守了国家的法令。法令是一国的骨干，从君王到人民，都必须绝对遵从。守法的有赏，犯法者受罚，无论宗室卿相，小民皂隶，都是一律！你们懂吗？"

"懂的！"大众雷一样的应和着。

"懂就要绝对的听从法令！"

"绝对的！"大众再应声。

那时，公孙鞅端严的望着群众，点点头，然后双手恭敬的将银子送给张三，命人将他带进府里去款待他。自己把手一挥，人群怀着极大的兴奋和希望而移动起来。公孙鞅微笑了。

张三被鼓动到外邑去作买卖去了。

五

一串的法令，跟了这件事降临到了秦国。公卿王族，从公孙鞅"糊涂的玩笑"中，起始闻到了刀锋的冷气。贵族的权威，封建的人情，全被铲除，一切都要讲法！法！这是中国历史上第一次法治精神的呼声。

贵族无功袭爵的特权没有了，要袭爵得建立军功，无功的虽富也无尊位。这法律打破了封建氏族社会混合的聚族而居的习惯，严令人民成年时分家自立，这使贵族经济基础的大家族制度，受了重伤。他鼓励人民自行耕种，多出粟帛，就可以取消他的农奴籍，成为良民。这就切断了领主农奴的森严纽带。他要救济农奴制所养成的怠惰，就定法没收懒惰人民的妻子为奴婢。要养成人民卫国尚武之风，使有军功的人民受上爵，而以严峻的刑法对付那些从事于家族私斗的人。要拆散封建人情的隐蔽，他起始组织民众五家为保，十家相连，令他们联带负责告发奸宄，不以私情妨害国法，这是保甲制度的鼻祖。保甲制度行之后来虽有流弊，但在当时为了打破权威人情的作祟，以济法律之用，却是必要的。这以后，他为了确定爵秩的效用和意义，又颁布法令规定了官爵的尊卑等级、田宅奴隶衣服的差次，一切以功劳事效为标准，打破那根据贵族权威而来的私相授受习惯。

公孙鞅这种改革，说起来，自然讲不到是对于封建社会彻底的革命。那在当时，因为生产力没曾发达，新兴阶级虽然有些取了商人的形式在出现，主要还是服从于封建主的需要之下。整个经济还是以封建性质的农业为主体。所以公孙鞅只能作到破除贵族权威，建立法治基础，解放一部分农奴，使之自由从事农业；转移私族联锁为对于国家的忠诚。这在历史上，是由分散的地主贵族政治走入王权集中的帝国政治的始基。这一段相当于英国亨利第八、法国路易十四以及他们前后诸君主为了集权政治向贵族斗争的那个时期。

临到了这样关头的贵族公卿，起初是如同掉在浓雾里一般，不知道究竟发生了什么事变。他们只看见一个没来由的少年人钻了君主的后门，靠着内臣景监，拍上了君主的马屁，得了宠幸，这原是很小的一场事。

随后这个小家伙出新花样，用五十两银子鼓起一个傻子搬木头，这足见其不识朝臣体统，也算不了什么。但接着搬木头就来了一大套法令，并且公然拿当朝贵人们作对象，这是什么意思？他想着要干什么？争权势夺地位，也不是这样干的呵。

按中国官场祖传的习惯，他们模模糊糊揣测了一场，也就算了，以为法令终古不过是一篇具文。可是这一次却大出他们的意料之外。插着翎毛，跨上雕弓，成天在围场上射猎的公子王孙，常常被军师司令派来的差官，按名点去上操。王孙们正在赶着一匹狐狸的时候，家里人会喘吁吁的跑来，叫他们马上回去，准备出发，大军要去攻打魏国了。当然，王孙公子们顿着漂亮的绣花靴子，发怒的把来人用鞭子威胁着赶出去，叫他们告诉瘪三公孙鞅，少来装腔作势。但回头左庶长的执法使者，便带了一大群人来强迫执行，谁若不服从法令，就夺了谁的爵位。于是公子王孙的老太太、太太们，立即把准备好了的眼泪，倾泻在大堂上，哭叫咒骂来送她娇生惯养的丈夫、儿子出门。为了争女人的比剑决斗者，不管他是什么爵禄武士，一齐被左庶长的执法使者抓去，轻的罚钱坐监，重的割鼻子、切耳朵。许多人花了钱买来的官职名位被夺去了，许多帐下有一百名美女的卿相，发现他们只能有五十名或六十名或更少。纷乱如旋风一样的播荡了安荣富贵和饱食暖衣，尊贵的男人们怒恨发狂，尊贵的女人们歇斯底里的嘶叫号哭，全都象丢了母鸡的乡下老婆一样。宰相甘龙的门被受屈者踏穿了，相公重重的愁烦着，并且他的儿子新近就受了害，为的多占一个女人，打了一场架，他失去了他那一头乌青缎子一样的头发，被髡成了秃子！一个见不得人的秃子！贵人们对于自己的眼前与将来，提起软弱的心而战栗着，仿佛一个世界从他们脚下滑走了，由上面却有一只庞大沉重的黑手，遮幂了整个天空，稳定而不容情的压了下来！

一个重要的会议在宰相的私邸里举行。相公的白胡子焦躁的坐在相公烦闷的胸膛上，似乎有些抖战。公子虔愤愤的骂了公孙鞅一通之后，这时还在鼻子休休出气；公孙贾摇着头叹气，并不发言，仿佛说："我什么也管不着，依我说，还是大家自己小心点吧，那瘪三是个不好惹的坏蛋呵。"可是他却和大家一样，做出是在听杜挚说话的神气。

"我们作事，"杜挚摆出精明样子说，"得先计算利害。没有十分利，这事就不可以作。反之，有利无害的事，倒是十分该做的。公孙鞅这家伙算计精明，手段硬辣。他抓住了君主的心，躲在我们后面害我们，是没法防备的。依我，还不如同他修好。"

"怎么修法呢？"一位大臣急急的问。

杜挚阴阴的一笑说："我听说那个家伙一辈子穷苦，从小给人家踢下阴沟里，变了乌龟，因此，没人肯给他女人，所以他现在报仇也限制别人有女人。咱们现在搜集一般漂亮女的，请他来吃酒奏乐，瞧他玩得高兴，把女人送给他，有女人一迷，他自然就软下来了罗。"

他的话刚说完，公子虔便跳起来说："不行，不行！用女人去买他，混蛋！况且，他就不要女人，我早已打听过。什么声色鼓乐，他全不爱。有一次，他在公孙贾家里吃酒，听见院子后面弦子响，有红裙边在风门边飘过来，他咳了一声，站起来说声辞，也不等主人送客，就几大步跨出去了。他只要躲在他那个洞子里，象鼠子一样，一声不响咬这样，撕那样，叫你防不住。"

"诸位不要争了，还是让我拼一条老命，启求主上把这个背祖乱制，扰乱国家的乱臣斥革了吧。"甘龙沉重缓声的说，是国之重臣的样子。

杜挚连连摇手说："老相公还没算清楚呢。君主现在是信他还是信我们？就是有十分信我们，九分信他还是不成。何况现在真是百分的信他哟。他弄得贵族王孙落权失势，君主并不讨厌呀。从前我们结个党要怎样，君主拿我们没办法，现在君主抓着他的法令，对我们好不威风，他为什么要帮我们的忙？"

公孙贾这时在一旁嘻嘻的笑了。公子虔问他笑什么，他又摇摇手，急得公子虔拖住他叫他说，他只好说道："说来说去，都是那宝贝法令的作怪；诸位看是不是呢？若是叫那法令玩不灵，他也就干不下去了。"

公子虔拍手叫道："对呀，对呀，我们找个大角色去破他的法。依我说，除了君主，只有太子是不可侵犯的。让我们叫太子去犯他的法，他就没本事了！我这个计策，我看很好，诸位一定也赞成的。"

这个会就这样兴高采烈的结束了。

六

公孙鞅擎住茶杯，站在小屋里寻思。他分解眼前这个难题的来源。是的，逼逼真真太子犯了法，在外面和人打架，把人家小孩子打伤了。这事不但由巡骑报告上来，并且昭音昨晚就来一清二点的讲了个清清楚楚，太子无缘无故纠住街上的小孩捶打，嗔他们不让路，公孙贾不在旁边，公子虔是躲在人家檐下小便。好凑趣的小便呵，公孙鞅呷一口茶，冷笑了。

"咯，咯，"门上响，昭音探进了半边头，"景内相来，说立刻要见您。"他说。

公孙鞅不言语，放下茶杯，转身出来，慢慢踱进客室，显出满身轻松的样子。他心里已经把景监的来意，揣度了一千遍，且抓住了其中最切当的一个。

老头子还是一向的坦白热诚，见着他就急站起来抓住他的手说：

"老弟，我特地赶来有件事知照你，这事你可看不得轻松。太子昨天犯了你的法，知道吗？嗯？打私架，伤了人！你可是要放明白点，放明白点！懂吗？"

公孙鞅笑了。他双手推着老朋友，把他推在椅子上坐下，命童儿点上一支香来，沏上茶。然后他抱着胳膊歪了头看景监，说：

"你想一套法令能作两件事吗？"

"不是，不是，你听我。你要晓得外边于今对你的形势不好，恨你的人多，他们寻你的事呢，要知道——"

"前天他们还在甘龙那里商量对付我，是不是？"他声色不动缓缓坐下来，仿佛在他心里有一座城，那城里已搜罗了一个世界的阴密活动，在他监视下面。

景监愕然："真的吗？真的吗？他们真的这样干？连甘龙？"

"也许没有，不用管它。我想——这件事君主知道不知道？"

"太子的事么？知道了！气得很呢！要不，我还不会知道呵。你这次可别莽撞。君主已经很气，你再用国法得罪太子，那是火上加油，叫那些想吞了你的人好下手。"

公孙鞅翻翻眼看景监，似乎嗔他看不起自己。他斟茶喝了一大口，简短如切的说："让他们来吧！我正要这样。法律要他们，我不能保护。公事公办，先下手为强！"说完，他就拉景监站起来说："我们一齐走吧。巡骑刚才给我报告了，伤家还没敢来报告，我得马上办。"景监无可奈何，只有拍拍他的肩，叹口气说："少年人，看着你老子，积点福吧！"

公孙鞅不去听，已经三步两步跨出院子，骑上马朝王宫里跑了。

公子虔、公孙贾今天特别勤奋的陪着太子在书房念书。为昨日的事，太子已经挨了君主的骂，他两人心里比较放了点心，以为这是公孙鞅下台的办法，正在心里得意，却不料宫里的太监出来宣太子和他二人去上朝。

公孙贾戫觫的抱怨公子虔，公子虔又慌张的拉着太子，叮嘱他别说出是他教的。两个人捧着不得主意的年轻太子，战兢兢来到大殿上，大臣们都聚集了。

那时左庶长公孙鞅毫无闪避的申述太子犯了法令，按律应该受刑。

"但是——"甘龙一句话没完，就被公孙鞅截去：

"法律所以不行，都因为在上者可以犯法的原故。这次太子应该受法。只是——太子是君主的嗣子，不能施刑。按律，应该刑他的傅公子虔，黥他的师公孙贾。"

在法令的尊严和公孙鞅的峻刻之下，大臣们颓然的守着公孙贾脸上刻了字，而公子虔则两条娇娇嫩嫩的腿，被棍子全打烂了！这景象，把个稚嫩的太子骇得几乎哭起来。他长久盯着公孙鞅：一个不懂宽厚的多骨身材，窄脑门，高颧骨，钩钩的鼻子，一对流火似的眼珠，在抡起的三角眼中邪窜，似有一百道算计，挺然直视两个受伤者的苦恼，筋肉纹缝不动。他想："这个人好可怕呵！他将来简直可以杀我。"

经过了这一场风波之后，秦国的局面，遂流入了一条法律的河槽。十年下来，纷乱无主的窄小人生一起被法令的钉子钉在国家上面。私斗私利被国家的利益所代替，生活为法律的鞭子所笞打，各处都见出紧张工作。许多壮丁因自立生活养成了独立，自主，勇敢，开创的个性；许多土地都被壮丁开理耕治，所有的耕地都受使用，耕地缺乏，人口反而增加，殖民扩土也已成了必要了。于是孝公拜了公孙鞅作大良造，命他围魏的安邑，克了那地方。他又因为咸阳向东，交通便利，容易发展，便发人夫在那里经营都邑，起造和天王的宫阙一般宝伟的冀阙宫庭，请孝公迁都到那边去，这是完全为了东向发展的便利。

在殖民事业方面，他把以前分割的采邑、乡村，由封建手上夺出，合并起来，成为县治，置县令；重新在各县划分阡陌封疆，奖励人民垦殖；且把不易驯服的人，送去边僻垦殖。起始，他对于人民施行直接赋税，人民不再是封建小领主们的奴隶，而直接成了秦国君主的臣属。他又颁布了统一的斗桶，权衡丈尺，使度量衡全国一致，供效于君主。这使秦国的经济生活统一稳定；使秦君的政治统治坚固，经济力雄厚；人才的来源也丰富，可以大作发展。秦国这种划时代性的变革，完全是当时六国所未曾梦想得到的。当时的六国还是困在春秋时期那种旧封建机构中，腐烂的贵族政治和毁灭土地生产力的农奴经济制度，正在使他们霉败，哪里当得了秦国的一击呢？

在这时期，荒唐不检的公子虔，不知怎样又犯了法，公孙鞅毫无顾忌的，就吩咐把他直直的漂亮鼻子割掉了。自此公子虔伤心痛恨，关着大门，誓言公孙鞅不死，他不再出世。可是太子那边，他却不肯断绝，两个人常常在一起诅骂公孙鞅，只是得不到报仇的机会。

七

公孙鞅在秦国为相十九年。国内局面，算是一如他的志愿，改了一个新样，政治经济生活都在稳速的上进，所有旧日与他为难的贵族公卿，死的死，赶的赶，大家都抱头鼠窜，表面上小心奉职。君主孝公，二十年来还是一心不变的信任他，他环顾周遭，回想当初的潦倒，心里颇觉得意。只有一件事，使他不能放心：太子对于他从来没曾有过好感。他知道在太子的周围，永远有那般恨他的人，绕得铁紧。他也常常得到宫中透出来的消息，太子和君主之间，有过许多争论，甚至于说他积权在手，有谋反的可能。太子因为恨着他，也恨着他的法令，既不能公然破坏他的法令，太子常常拒绝出宫门。

这情形，使公孙鞅深深烦忧和戒备。但是要他去和恨他的人修好，他宁死也不干！也不肯去巴结太子。他只想用自己的力量，扩张自己的地位权力，以强大的力量保护自己。他挑选了几十个勇敢多力之士，亲自授他们剑术，夜间令他们围着他的卧室防守，日里令他们乔装仆役，跟着出门，以为保卫。

这样消极办法，还是不够，他想，必得有对国外的扩殖发展，将国内宵小的目光，转移向外，然后他自己才能无事。于是一天他朝见孝公献策说："秦和魏，好象彼此是腹心之疾，不是秦灭魏，就是魏灭秦。为什么呢？魏在中条山西，都安邑，与秦只隔一条河，所有山以东的地利都归它有。它得势，自然要向西侵秦；不得势，它也可以收东边的土地。现在秦国靠您主上的贤圣，国富兵强。而魏呢，恰好去年对齐国打了大败仗，国势衰弱，诸侯都不帮它。我们可趁此去伐魏，魏打不过，自然往东迁，那时河山之险为秦所独有，据此以制东方诸侯，才是帝王的事业呢！"

孝公觉得公孙鞅的话对，便立即派他作将军，领兵去伐魏。

魏王听说公孙鞅将兵来伐，虽也听见了这个人二十年来在秦国的业绩，却不相信他是个能将，便派了粗心大意的公子卬领兵抵抗。公孙鞅听说是公子卬将兵，回想当日在魏时，由那些公子王孙所受的乌烟瘴气，真是切齿不忘，便决心把他们杀得干干净净，并且要把公子卬活捉，好好羞他一番。从谍报得到消息，他知来军的军势很锐，想了一想，夜里便亲自写了封信，送给公子卬。信里说："我和公子在先原是好朋友。现在我们成了两国的军帅，我心不忍得互相攻击。我们最好是两个人见面谈谈，立个盟约，以后我们可以奏起音乐来喝点酒，唱唱歌，跳跳舞，完了，我们各自收兵回国，两国都安，不是好吗？"

公子卬正是在抱怨这带兵生活干燥苦恼，恨不得三步两步跑回魏都去，放倒头大喝三天酒，大歌大舞，换换脑筋。接到了这封信，喜出望外，心想："公孙鞅这家伙原是聪明有人心，我从前本待他还不坏，嗯，自然也不算怎样好罗，他还有这份忠厚，我倒不好辜负了他。"他回信便一干二净的答应了。

在公孙鞅指定的会盟地点和约好的日期，公子卬率领了一群随员军将前来相会。他对于这件事原有一点不放心，他的随员们劝他不要去。但是他的公子脾气十分作怪，他按剑瞪眼，叱那随员说："本人将兵在四境会战已经十几年，公孙鞅有什么小机关还看不懂？还用你说？况且，会盟以礼，他能作什么？我是公子王孙，岂能失信于小人？"

在盟坛上，他被公孙鞅十分恭谨的接待着。那一个还是和以前在魏国一般，口口声声"公子"、"公子"的喊，凡事都尽他上前。公子卬一面得意，一面留心，见盟坛四围光明坦洁，心里才石头落地。又见公孙鞅恭谨的表示，反有些良心不安，也特别客气，两个人谦谦让让的把会盟手续完毕了。

接着，公孙鞅又卑谨的请"公子赏光粗乐和水酒"。公子卬此时盟誓已就，更加心肥肠热，一口应承，到营帐里去会饮。他的随员也分头有人招待。饮宴之间，女乐上来献酒，公子卬吃得糊里糊涂，左拥右抱之际，忽觉一阵骚乱，满眼都是红花花的刀枪剑林，满耳都是喊叫的呼声，而他的两臂不知何时已被人扎紧了。同时，正当他在这边被缚，他的军营里也已起了火，受了包围，魏军全军覆没。

魏惠王听见这骇人的消息，本着他短小畏事的本能，立即遣使去秦求和，将黄河以西沿中条山脉形势地带，完全割让于秦，自己远远迁都到大梁（现在河南）去。魏自此西面门户大开，完全为秦所控制。惠王追想公叔痤临死时的嘱托，心里好不难过，悔得要死。

为了公孙鞅在国内国外的功绩，孝公封他作列侯，领有商县十五邑，号称"商君"。

受爵的头一天，孟兰皋——公孙鞅的朋友，来看他。孟兰皋脸色沉重，象有心事的样子。一见面，就拉着公孙鞅的手一直往里面走，走到公孙鞅的内客厅里。公孙鞅随他走，也不问，他知道外面有些风风雨雨，叫朋友们担心。但他觉得这担心是多余。"公孙鞅就这么傀儡，得他们担心。"他冷笑的想。

"明天清晨要受爵了，你怎么样呢？"孟兰皋问。

"那是作臣子，也是作人的本分，义所当受，贤者不让。"

孟兰皋叹口气，说："还是这样硬。我问你，你知道外边对你什么风声吗？"

"世俗愚见，智者永远不用去理会！圣人为了行道，几乎厄死于陈。我的时运已经好得多了。我已经开创了一个新秦国，虽五羖大夫也不见得有加于此，愚者又能作什么？"公孙鞅一口气说来，一半感觉自我膨胀的得意，一半故意激刺他小心的朋友。

"不是这样。智者要会明哲保身，愚者才见危不避呢。今外间谣传你挟恃军功，会要谋叛，你岂可不小心？"

公孙鞅三角眼一翻，站起来说："我奉行法令，不知阿假。曾参大贤尚有人说他杀人呢，你信么？"

"但你可以不受这次爵禄，少遭人忌呵。"

"于法当受，我为什么辞爵？要陷我的人只管来，垂死的蛆虫尽管来作最后的挣扎，我倒要同他们周旋到底的！"

说到这里，昭音——他这时是相府的总管了，走进来在公孙鞅耳中说了几句话，公孙鞅眼中一亮，好象法律的刀又在他胸口磨得霍霍有声。他说：

"既然情形明白，依法把他斩首！"

"谁？"孟兰皋惊的问。

公孙鞅拉起孟兰皋来说："我和你看看去吧。别这么大惊小怪。祝欢要死！"

"祝欢？杜挚的朋友呵。"

"对了，也是公子虔的把兄弟，你还不知道哪。"

孟兰皋摇头不已，自己往外走，说："你越来越严峻了，好象法令神在你身上吃人。这不好呵！这不好！"

公孙鞅哈哈大笑，望着孟兰皋的背影，高声叫道："你今天才知道吗？太晚了。"

商君杀了祝欢又受了爵位，虽然丝毫不为由各方来的危险报告所震慑，他可从来不是疏于防范的人。受爵之后，他自己去商县细细巡视了一番，检阅邑兵，加缮宫室，命昭音为商县留守。自己由邑民中挑选了一批力气大，胳膊粗，会得耍枪弄戟的小伙子，把他们训练了带回咸阳。他要仍然坐镇在那里。他出门时，后面总跟上十几辆车，里面都是甲士，坐在他车子两旁马上的是大力士，跟着车子两旁在地下跑的是持矛执戟的人物。这样，在咸阳成了万人的裁判者和威力主宰，为人人所虔畏。他感觉到了那四面八方对他投过来的恐怖而虔敬的眼光，仿佛自己已经征服了一个世界，而自己是那世界的力，是那里的法之真神。

他在自己的小屋里静静坐下来，自己对自己低低的说："行了！我没有辜负自己呵。"

公子虔实在不能忍受更多的凌辱和压迫了。他屡次嗡着被切去了鼻子的鼻音，对太子哭诉。太子碍于君主，心里恨得切齿，还是不能奈何商君。他对着公子虔说："只要你能够构成公孙鞅的罪状，你能给人证明他，我一定能替你报仇。父亲现在多病，大权快到我手里，你去准备罢。"

恨着商君的人多。一听见太子放了这个口风，大家都蜂蚁似的活动，在杜挚的家里，几个特别有力的受害者聚齐了。

公子虔嗡嗡的带着哭声嚷道："我非报仇不可！我要杀死他，平了他的家！"

慌得杜挚连忙摇手，朝窗外门外，贼眼望望，然后对公子虔小声说："别嚷呵！他的耳朵长，算计精，谁知道？也许有侦探在我家里的，这样嚷，都给他知道了！"

"好吧，好吧，真的大家谨慎点好。"一位公子说。

"依我说，"公孙贾摸摸脸上的字："我也顾不得了，他害得我太苦。依我说，我们就告他要造反。"

杜挚点着头说："我也想这样。听说他在家里还自称寡人。并且他在商县作什么，你们知不知？他足足练了有十万兵！想想看！他。他真是要反的。"

"那么，那么，叫谁去告呢？并且要有证据。"公子虔嗡嗡的说。

"十万军队不是证据吗？"杜挚抢白他。

"那我不知道。十万军队我们又没看见。"

杜挚刚要答，先头叫大家谨慎的公子说，"别争吧，一争声音又大了。有个人好找，他也情愿。"

"谁？谁？"几张嘴都问。

"就是魏国那降将公子卬。"

"对了！对了！"大家都如梦初醒。

杜挚接着说："好，好，那家伙恨透了他了，倒和我们是一路。叫他告他，并且，还叫他通知魏国，若是那厮朝魏跑，魏不许收留。好不好呢，诸位？"

大家都没有什么异议。有的人为了妥贴防备，又主张先拿些钱去收买军队，不然恐怕他会去蛊惑他们。又有人主张连邻近商县的各县令都先买好拿准。都说好了之后，分头负责去进行。公子虔是负责把这件事报告太子，太子很满意。只是因为孝公现在有病，嘱咐他们暂时先不要发动。

孟兰皋得知了一些风声，着实担忧。他便请门客赵良去探探商君，得便就劝他逃走。赵良踌躇一会，便奉命了。

商君见了赵良，知是孟兰皋门下有见识的人，不肯轻待他。很谦恭的说道：

"您是孟兰皋介绍来的。现在我愿意自己和您作朋友，可以吗？"

赵良说："那我倒不敢呢。我听说，占据不当有的地位是贪位，享有不恰当的声名是贪名，我要是奉您的命令，我恐怕自己是贪位贪名呵。所以不敢。"

商君听出他话里有话，在他刚傲的心里登时涌起一股反感。但他马上抑住了自己，命令自己对怀好意的人要宽大，他更谦和的问道："那么您不赞成我治秦的方法吗？"

赵良见商君态度似乎可谈，就坦然问道："一千条羊皮不及一只狐狸的腋，一千人诺诺连声，不如一个有智识者谔谔辩净。武王因谔谔才能昌大，殷纣因默默无声所以亡了。您若是不反对武王，那么请让我正经的谈一天，不受罪罚，可以吗？"

商君宽纵的笑道："好呀，俗语说，表面敷衍话是漂亮的，真情话是实在的，苦言是药，甜言是病。您若能够整天用正经话教导我，那是我的药，我要拜您为先生呢。"

于是赵良畅意和他讲到五羖大夫出身成功终身为人民爱戴的故事，述及五羖大夫的宽仁俭德，最后他结到商君身上来，热情的说：

"您大用刑法，把太子的师傅割鼻刻字，用严峻刑法对付百姓，不是积怨蓄祸吗？您天天用法律戕害秦国的贵公子，弄得公子虔杜门不出整整八年！您又杀祝欢，黥公孙贾，使人人恨您。您深知众人的怨恨，所以出门就带着十几车的甲士在后面，骑骖马的是大力士，跟车跑的是执矛戟的武士。这几样有一件不具，您不肯出门。您的情形不是比朝露还危险吗？您何不将十五邑归还主上，自己去乡下种田，劝秦王另显岩穴之士，以治国政，庶几保全自己呢？要不然，秦王一旦身亡了。秦国想报复您的人还会少吗？"

要说商君听不进赵良这番话，是冤枉他了。赵良所暗示的危机他比谁都清楚，所指责他的情形，也是真实。可是他觉得赵良根底上不了解他从来所处的形势，也不明白他的为人，所以那些至诚的药言，只能当作是一付失效剂被他放在一边。他以为他自始至终是站在一个时代的起点上，对抗着强大的反动势力。他既无势位，又无党徒，全凭个人独到的先见和钢铁的腕力，擎住法律的钢鞭来制驭一切。当然不能不见非于世，得罪人。然而他的政策成功，制度成功，这就是他的成功。他以这种政策制度的成功，为独占他一切内心外力的生命意义，令他在生命未消逝以前，为了躲避仇敌，保护自身，把他亲手建立起来的伟大建筑无条件交出给仇敌去，这不是商君！商君本有高人的行为与独知的计虑，死生以之，决无逃避！

他心里的计算并不拿出来对赵良讲，但是他也不敷衍朋友。他听完了赵良的话，只是冷然微笑的摇摇头，看着赵良说：

"不能够！您总知道我不能够那样作。"

八

秦孝公的病一直没有好起来，在位二十四年，年龄四十五岁就薨逝了。商君一直守着孝公病，守着孝公死，伴着这唯一终始知己的朋友，不肯逃走，也不肯越出法律之外，先勾结拉拢死党，妨碍太子登位。为了准备，他把他的家眷人口都送到商县去，自己还留守在秦庭。

杜挚他们的计划不可避免的一步步实现了。当缇骑发动去捕商君的时候，商君改装骑士，跨上马，重行奔亡。他逃到了关下，想要宿驿，驿官不知是商君，告诉他说："商君的法律，没有旅行护照的人不许容他住，不然，我们要受刑呢。"商君初听，心里一惊，心想"这不好象是上天和我在开玩笑吗"？但转瞬他又觉得安慰，勇气忽觉百倍。他觉得他的精神，已经统治了秦国，他的生命还大有可为。

他因此一念，首先想出国另谋发展，于是来到魏的边界上。但魏人想起公子印受骗，全军覆灭的故事，便趁此报仇，将商君送还秦边。商君决定以最后力量，奋斗到底。乃跑回商县，命昭音檄发邑兵，先发制人去击郑国，以图打开一条出路。他始终不肯称兵攻秦，这是他坚贞不负孝公的地方。他的最后一着自然也遭受失败了，不仁的秦早已在他周围布下了重兵，节节进迫，到底追上了他，在郑之黾池地方，把他杀死了，灭了他的全家。

公子虔、公孙贾、杜挚等，又撺掇秦王，把商君的死尸用五车分裂，徇于全市。在徇市的标识上，他们不敢说："不许象商鞅那样改制立法"，因为他们已经被他的制度绑住了，非它不行！却只得撒谎说："不许象商鞅这样造反！"

论苏轼

——纪念苏轼逝世八百五十年

一　时代与苏轼

苏轼是四川眉山人。他生于宋仁宗景祐三年十二月十九日，公历应该是一〇三七年年初；死于一一〇二年，活了六十六岁。今年七月，正是他逝世之后的第八百五十年。

苏轼所经历的是北宋经学、文学最昌盛的时代。那时经学方面有邵雍、周敦颐、程颢、程颐、王安石等历史上有名的经学家。宋太祖赵匡胤惩于唐代藩镇灭国之祸，生怕武将权力大了会抢他的天下，于是崇文抑武。从赵普一句什么"以半部《论语》致太平"开始，宋朝便加意提倡儒学，以儒学为其统治国家主导思想。所以经学十分发达，大官差不多都是奉行经学的。文学方面则有欧阳修、苏轼、苏辙、王安石、黄庭坚、秦观，这些也是历史上特出的作家。他们之中，除少数如王安石外，其作品都在精神上或多或少继承了李白的余风。（苏轼曾说欧阳修诗赋似李白）。尽管他们在感情方面比李白柔软细腻了，在境界方面比李白狭窄了，他们一般地缺少李白的气魄；甚至在技术方面，多数人与李白不同，许多地方反是学了杜甫。可是李白那种带有道家气味的浪漫精神，在宋人诗词中，是到处可以闻到的。他们在政治思想及作风方面，被儒家弄得逼逼窄窄；但在文学方面，则或多或少把李白的精神来满足自己。

当时国家的政治情况表面上是一派平静，好象国泰民安。而实际上宋朝致命的外患则正在酝酿。当时契丹虽然是开始在走下坡路，却每年还要宋朝送它许多金帛作为给予和平的代价。而赵元昊在西北叛变，自立西夏国，宋朝非但对之毫无办法，并且每年还要献他二十余万两的金帛，有时甚至割地以求相安。内政方面，一天到晚讲经学，讲尧舜周孔，而苛捐杂税，水旱蝗螟，弄得人民不能生活。王安石为了挽救这种情势，主张并实行大举变法，以求富国强兵。但是他既不能够使政治界和思想界对他的主张取得一致的看法，同时他的主张，在当时的政治条件之下，如何能全部行得通，他自己也没研究。因此，几个皇帝一换（自一〇三六年至一一〇二年，宋朝一共递嬗了五个皇帝：仁宗、英宗、神宗、哲宗、徽宗，其中还有个宣仁后在哲宗做皇帝的头几年摄政临朝），他的新法也就跟着或是全部被采用、或是全部被废止。国家的大政方针及具体政策，都是朝令夕改。这使得国家和人民的情况愈来愈糟了。

这种政治的文化的条件，大大影响了苏轼的生活及思想。他的思想是二元的：一面是搞经学，做儒家；另方面是好诗酒，爱自然、讲庄周、陶潜、李白。在经学方面，他并没有弄出道理来，仅仅作了《易传》九卷、《论语说》五卷及《书传》，都没起大作用。但是作为一个儒家人物，他对当时的政治所采取的态度，基本上是跟司马光走，主张按祖宗的老法子办事，不要轻易改动，大肆骚扰。他讽刺王安石是用法治，不是儒治。他和王安石的变法派是这样对立起来。这造成了他两次被贬，并且坐牢受刑的根源。其次，他虽然也讲尧舜孔孟，但是他的道家的浪漫精神，又使他对程颢、程颐这些反变法派的老夫子们死死板板的"非礼勿视，非礼勿听"的教条主张看不顺眼，老是争吵，得罪人甚多，这就是所谓"洛蜀之争"。"洛蜀之争"和变法派与反变法派的尖锐对立，给苏轼在东京（北宋的首都，现在的开封）树立了许多敌人。他在东京站不住脚，经常请求外放。苏轼自二十五岁做河南福昌县主簿时起，开始了他的政治生活，也就是封建时代知识分子所唯一能有的事业生活。到他死时，一共是四十一年。这四十一年中，他只有八年左右是在东京皇帝面前做官；十一年是在贬谪中，其中五年在黄州，六年在惠州及海南岛；其余二十二年除为老苏守丧两年多以外，全是在外州外县做官，治理民事及很少一部分军事。

近二十年的吏职生活，大大的发挥了他对待现实的积极态度，展开了他与人民的关系。他在政治上自己没有一套方针政策，但是在他担任吏职的时候，他却是投身在消除水旱蝗螟的搏斗之中，从事于减消人民的痛苦、解决人民的问题的实际工作。他把自己卷在人民的命运里面，亲自动手。但是在另一方面，他从李白乃至于庄周所得来的浪漫不羁的精神，又使他对这种辛苦负责的吏职感到很大的苦恼和拘束。此外，国家总的情况不能改善。他主张打西夏，而政府一味屈服。新法又执行得不好，因为当时社会条件不够，最显然的是在剥削社会里不可能产生一种为人民服务的精神，来使这些办法，其中特别是青苗法与市易法，达到其可能有利于国家和人民的目的。所以，王安石的新法之执行，不但没有产生富国强兵的效果，并且使国家愈来愈弱，使人民受了更多的损害。这个总的情况，使苏轼一面在民事上辛苦勤劳，毫不放松；一面又觉得劳而无功，无补于事，不如道家之放浪形骸者为佳。显然的矛盾折磨他一辈子，几乎是到死未能解决，尽管这种矛盾并没有影响他的旷达的乐观的态度。

一一〇一年，宋朝换了一个新皇帝：哲宗死了，徽宗上了台。苏轼从五十九岁起就开始了的岭南放逐生活于是结束。他从岭南被赦北徙，回到他所心爱的江南，在路上花了一年之久，发生了痢疾，一一〇二年七月死于常州。

这就是苏轼的时代和苏轼自己。

二　苏轼与人民的关系

后代人喜爱苏轼，表彰苏轼，一般总是从他的诗文着眼。大家喜好他的不事雕琢、来去自如而能恰尽真实的文笔，象"江流有声，断岸千尺，山高月小，水落石出"（《后赤壁赋》）；"横看成岭侧成峰，远近高低无一同，不识庐山真面目，只缘身在此山中。"（《题西林壁》），许多人为他那种时时是"雨过潮平江海碧"（《望海楼远景》）的旷放胸怀所摄收，以为从他才能够看到广远的境界；甚至于他那些纵横捭阖，抑扬慷慨的史论，也都曾使人流连不置。出身于剥削社会的知识分子，往往是容易只去注意这些东西、爱好这些的。因为他们自身受着剥削和压迫，同时又剥削与压迫人民，毫无出路，感觉社会是一个其大无边、满着尘埃的蛛网，自己则粘在这个网上。苏轼写出来的东西，满足了他们的要求。苏轼所被强调了的一面，代代相传下来，他变成了一个似乎完全对人民不负责任、只顾自己放肆享乐的野人。而他那与人民关系、人民所要求知道的一面，尽管是他非常重要的一面，反而很少被提及。这就是他那二十年的吏职生活，以及十年以上的放逐生活中所表现的一些东西。

苏轼对于人民的疾苦是非常之关心的，他时时歌唱人民的痛苦与欢乐。当他二十七岁时，在凤翔做官，出去到各地决囚，在路上逛了一个李姓的大花园，听说这园子是强占民田弄起来的，他悲愤地写了一首诗，详细描写了里面的豪华布置，然后说道：

> 当时夺民田，失业安敢哭！谁家美园囿，籍没不容赎？此亭破千家，郁郁城之麓。

> （《李氏园》）

上面说到他决囚，他到杭州通判任内时，看见大年夜里系狱的囚人太多，于是要通宵把他们都办完，好让他们能回家过年。他一面审查囚人，一面悲叹：

> 除日应归休，官事乃见留。执笔对之泣，哀此狱中囚。小人营馑粮，堕网不知羞；我亦恋薄禄，因循失归休。不须论贤愚，均是为食谋。

> （《除夜直都厅，囚系皆满。日暮不得返舍，因题一诗于壁》）

他的时代本是表面太平，表面还不算太穷困的。但是苛捐杂税所造成的痛苦，已经是不能掩盖的事实。他四十五岁时，在东京打完了官司，从牢里放出来，谪贬黄州，路过蔡州遇雪，就把沿路所见惨状，总括在四句诗里面：

下马作雪诗，满地鞭箠痕，伫立望原野，悲歌为黎元。

（《正月十八日蔡州道上遇雪次子由韵二首》）

因为他曾经以诗文讽事得罪，他只敢这样笼统的写出他沉痛的心情。他一面感受人民的痛苦，一面又时时怨自己无补于时艰。这种心情，在他和一个朋友孙侔唱和时表现出来：

秋禾不满眼，宿麦种亦稀；永愧此邦人，芒刺在肤肌；平生五千卷，一字不救饥。

（《和孔郎中荆林马上见寄》）

他不但是怨自己，也怨政府：

政拙年年祈水旱，民劳处处避嘲讴。河吞巨野那容塞？盗入蒙山不易搜。仕道固应惭孔孟，扶颠未可责求由。

（《次韵周开祖长官见寄》）

就是因为这一类的怨辞，他的仇人们便假借他到湖州上任谢表中的几句话，说他老是诽谤皇帝，把他抓起来，拷打一顿，并贬了黄州。他的家给人气不过，把他的诗文几乎烧光了。

但是他并不是光看到人民的痛苦的，人民的欢乐，他也能以同人民一样快活的心情唱出来。在吏职任内，他时常要祷旱祈雨。他不信祈祷，可是没有别的办法。得了雨，他就这样高兴：

不知雨从何处来？但闻昌黎百步声如雷。试上城南望城北，际天菽粟青成堆。饥火烧肠作牛吼，不知待得秋成否？

（《和李邦直沂山祈雨有应》）

他时常要同旱灾和蝗虫搏斗，一下子见了应时的雪，他立刻想到：

玉花飞半天，翠浪舞明年，蝗膆无遗种，流亡稍占田。

（《和田国博喜雪》）

观察和歌唱人民的哀乐，并不即等于投身到人民的哀乐中去，解决人民的苦难。苏轼争取外放，不肯留在东京，或者不是为了去参加人民的生活斗争，但实际上他却没放弃任何一个机会去这样做。宋朝为了剥削人民，充盈府库，重要盐区的产盐都要官卖。从南到北运官盐的河，时常要挖。苏轼本来反对官卖盐，但不能不带老百姓去挖河。他写诗抱怨盐事妨害老百姓的农耕，同时和老百姓一起，在泥汤里跑，名为监督，实际上是去与他们共患难。这是他其他的事迹所证明了的态度。他深知官卖盐的祸害，便以地方官了解民情的身份，去反对官榷。当他知密州（山东高密）时，他给宰相韩琦上书，请求把官榷给与老百姓。后来又给文彦博上书，请求至少山东盐不要官卖。两书从头到尾，详细地极陈人民的痛苦，并催他们自己拿定主意，停止官榷。要把意见发到下边去讨论，免得耽误时间。但是官榷还是照样进行。

在与水斗争方面，苏轼是杰出的。人们都知道，他第二次去杭州当知州时，把西湖水与几条河流沟通，并挖了西湖，筑了苏公堤，使杭州城内，从此永远绝了水患。他知徐州时，一下遭逢了河决，他给朋友用四句诗写那水势：

> 黄河西来初不觉，但讶清泗流奔浑；夜闻沙岸鸣瓮盎，晓看雪浪浮鹏鹍。

（《答吕梁仲屯田》）

水很快就围了城。这时候，有钱的人都要跑，苏轼不让他们走。他亲自走到兵营去调军队守城。同时，他自己搬到城上去，搭起茅篷来住，和军队、老百姓一起，鼓舞他们挖土筑堤；共同抢救城垣。城救下来了，他又要防明年，于是又加一道木岸。那时他兴奋的继续写道：

> 宣房未筑淮泗满，故道堙灭疮痍存。明年劳苦应更甚，我当奋锸先黔昆。付君万指伐顽石，千锤雷动苍山根。

（《答吕梁仲屯田》）

徐州毕竟被他们保卫住了。这是他与人民共同的胜利。

对付蝗虫，也是他常常要做的事。他恨东京的议官和一些地方官常常轻报蝗灾，以便借此向老百姓要青苗钱和手实钱（虚说受灾的老百姓要罚钱，名手实钱）。他给韩琦上书，详报蝗灾，请免了那两项钱。同时，他自己出马，和老百姓一起，去与蝗虫作战。他写了很多首捕蝗诗。在有一首中，他以战士的心境来写这种战斗说：

> 磨刀入谷追穷寇，洒涕循城拾弃孩。

同蝗虫作战是非常劳苦的事，他常常是搞得筋疲力竭。他这样说：

> 驱攘著令典，农事安可忽！我仆既胼胝，我马亦款砣：飞腾渐
> 云少，筋力亦已竭。
>
> （《和赵郎中捕蝗见寄次韵》）

虽然如此，他却不觉得他不应该做这件事，他还是想到人民，他在同诗里警诫自己：

> 民病何时休？吏职不可越。
>
> （《和赵郎中捕蝗见寄次韵》）

苏轼关怀人民，不仅表现在上述那些方面，所有于人民有利的事，只要他管得上，他都要做，诸如赈灾免粮、设病坊（医院）、派医生分街治疫（流动医药站），是他在各地当知州时作的。在他被贬无能为力时，他就发动别人来作。他在黄州，要知鄂州的朱某禁止杀婴，并帮助贫民养婴。在惠州，发动人民造了两道桥。他时常替病者找人捐医药，替死者找人捐棺材。远道的人，他就写诗写信去捐。当然，他自己也是捐的，他在人民困难之时，紧紧把自己和他们系在一起，是为了什么呢？苏轼曾经有两句话，似乎可以答复这个问题：

> 吏民莫作长官看，我是识字耕田夫。
>
> （《庆源宣义王丈求红带》）

但是苏轼究竟是不是识字耕田夫？他能够和老百姓打成一片吗？

在王朝时代，一个封建地主阶级的知识分子与官僚，不可能或者极不容易与老百姓完全打成一片。假定有这样的事实，过去统治阶级的记载，也认为不是道而不加以记录。在苏轼的生活中，只有两次有过类似乎与老百姓打在一起的情形：一次他谪贬黄州时，穷不能活，当地人送了他一片砂石地，他自己去挖石垦田，农民来教他种麦子。后来他叫这片地为"东坡"。苏辙所作墓志铭说他在黄州是"幅巾芒屦，与田夫野老相从于溪谷之间"。第二次，他被谪海南昌化。在那里，他与老百姓似乎是熟习的，他有时背一个大瓢，在田地里一面走一面唱歌。一个往田里送饭的女人对他说，他过去的富贵都是一场春梦。他感动得写了一首诗。他也曾写诗讲他在半醒半醉时跑到土人家里去拜访，小孩子们吹着大葱出来迎接他。他跟当地人这样的弄熟了，因此他得意起来说："万户不禁酒，三年真识翁。"（《儋州二首》）

这些当然都还是简略的记载，不足以说明他内心里及生活中真能够与广大人民溶在一起。但是从苏轼之关心人民的利害，并竭尽自己的力量来为他们的较善的生活而斗争这一点看去，人民的气氛、人民的热情，似不会为他所厌避。假如他活在今天，他一定是属于人民的。

三　苏轼的矛盾

苏轼一面有着对人民的积极关切，一面又时常有超尘出世的浪漫思想。苏辙说他小时跟父亲读书，忽然发现了《庄子》，他非常高兴，说自己向来总觉得有点什么问题不能解答，有了《庄子》，问题解决了。

同时苏辙还说，他的诗象李白、杜甫，晚年则学陶潜。但苏轼诗中，很明显的杜甫精神却不多。偶然有些句子，如"竹杪飞华屋，松根泣细泉，峰多巧障日，江远欲浮天"，如"窗摇细浪鱼吹沫"，技术上象杜甫，但这些东西，甚至技术上都不是代表他的。代表他的是"涛声夜半千岩响，诗句明早万古传"；是"明月何时有？把酒问青天"（《水调歌头》）；是"不用撑腰拄腹五千卷，但愿一瓯常及睡足日高时"；是"大江东去，浪淘尽千古风流人物"（《念奴娇·赤壁怀古》）；以及其他类似的许多诗词。这些都是在精神上和技术上近乎李白的。他时常提到陶潜，好象是向往之至。他晚年确也把陶潜所有的诗都和尽了。但是，甚至即使是这些和诗，在精神和技术上很类似陶潜的地方都不多。他把这种类似李白的精神，不但是带进了诗里面，并且带进了他的词里面，为南宋词人，特别是辛弃疾开辟了新局面。他早期时常讲到他的性格是"我本麋鹿性，谅非伏辕姿。"（《次韵孔文仲推官见赠》）。他利用他的吏职转移，以及放逐的机会，周览山川，追逐自然。他崇拜英雄，为周瑜、曹操的消逝而大为感叹。所有这些，一读到就会令人想起李白来。

李白之外，影响他最深的，要算庄周。对于事物变化的观点，有一些早期辩证法的渊源，最显然的是《前赤壁赋》中的几句：

客亦知夫水与月乎？逝者如斯，而未尝往也；盈虚者如彼，而卒莫消长也。盖将自其变者而观之，则天地曾不能以一瞬；自其不变者而观之，则物与我皆无尽也。

这种辩证法的观点，是从《庄子》，特别是《齐物论》里面来的。《后赤壁赋》的鹤化道士的意境，不可避免的使人要想到庄周化蝴蝶、蝴

208

蝶化庄周，都是关于早期辩证法的神话的想象。《齐物论》中的一些看法，在他晚年谪居海南的诗中，更觉明显。但是这类议论诗都没有什么可读了。

陶潜给了苏轼许多归田园、退隐的思想，虽然他的气氛不属于陶。

苏轼近李白，尊庄周，慕陶潜。但是他和这些人有一个重大的不同之点：他一生都是被缠绕在一种历史性的矛盾之中。当然李白与陶潜都不是从头就没有矛盾的，这种矛盾本属中国历史上知识分子诗人所共有的。但是前两个人似乎都有所选择，而苏轼是不能选择、不愿选择、至终也不会有所选择的。他对现实的积极，对人民的关怀，对丰富的生活的热烈爱好，最后，或者还有儒家所给他的责任感，使他不能够象陶、李二人那样解决他的矛盾。现在来看，他的矛盾是些什么内容？

首先，他对待他的吏职是什么态度呢？我们知道他是很厌烦的。他一则说："老守厌簿书"（《与梁先舒焕泛舟得临酿字二首》），再则说"簿书颠倒梦魂间"（《次韵答邦直子由四首》）。可是他要在大年夜去审阅囚犯的案件，他要警惕自己说："民病何时休？吏职不可越！"（《和赵郎中捕蝗见寄次韵》）

吏职、人事，特别是吃官司，弄得他烦了。他常常说要回故乡、归田园。可是他从来没有归田园。他怪自己："名声逐吾辈，此病天所颁。"不回故乡，那么就在什么地方隐居起来吧，他又不行。他说："便欲北山前，筑室安迟暮，又恐太幽独，岁晚山入屦。"他是个爱热闹的人，不愿被山埋葬。

那么，就把官老老实实安心做下去好了。他做官是可以的，可是不能安心。他说："纷纷无补竟何事？惭愧高人闭户吟。"

苏轼本来不是很迷信的。但是，他时常要跟着和尚道士们混：一面

209

读《爱国诗人杜甫传》

冯至著，连载于《新观察》杂志第二卷第一期至第十二期

中国是一个有伟大文化传统和丰富艺术遗产的国家。但是，不管是在诗歌、小说、戏曲、绘画、雕刻等等方面曾经有过多少光辉灿烂的作品，不管在这些方面曾经站立着一些怎样光芒万丈的人物，我们对于这些人物的历史却很少认识。旧中国的文化史上没有留下一本象样的文学家艺术家的传记让我们容易了解这些伟人是在怎样艰苦困难的客观条件之下，为祖国为人民放射中华民族的永不消褪的光芒。封建统治者所讲求的不是文化，而是供奉；不是创造，而是享受。这是创作家的生活被淹灭的主要原因。其次，在旧中国，科学思想与科学的研究方法不能发展，使中国的传记研究跟中国的文化史一样，不能开展，往往流于捃拾故事，编凑印象的半真半假之途。这也是中国作家传记之学不振的一个原因。至于这些所谓传记，其立言的观点，是以封建统治阶级的好恶为褒贬就更不必说了。

冯至先生在《新观察》第二卷发表的《爱国诗人杜甫传》，虽然还不能说是最详尽的最理想的，却应该说是已有的中国作家传记中的第一

本好书。它首先是站在人民的立场上用科学的方法从诗人自己的诗篇中，从杜甫同时代人的著作之中，从片断的、杂乱的记载之中，寻找线索，缜密研究而产生的结果。关于杜甫一生的经历，从孤苦的出生起，到凄凉的死亡止，没有一事不是有凭有据的。他所有的诗篇反映了何种时代事件，反映了他自己何种思想感情都被冯至先生用精细的研究弄得清清楚楚。没读《爱国诗人杜甫传》的人一般都不容易知道杜甫晚年漂流，无家可归，只能在水上船中度去他最后一年多老病穷困的生活。他们不会知道封建统治阶级对待我们最伟大的诗人是何等的残酷。并且由于对诗人的轻蔑和忽视，统治阶级的有些记载竟把他的死说成是由于在耒阳吃牛肉白酒胀死的。这种诬蔑使后人对杜甫发生了一些不适当的看法。冯至根据杜甫的诗、元稹的墓志以及杜甫子孙的记载，最后断定杜甫是在公历七七〇年冬天病死于那条载着他漂流了一年多的小船上，地点是湘江下游而不是耒阳。这样千多年来关于杜甫的死的争论是解决了。

关于他的创作方面，这本传记告诉我们《兵车行》是杜甫第一首替人民说话的诗。它说："随着《兵车行》的出现，他的诗的国土扩大了，里边出现了唐代被剥削，被驱使得象鸡犬一样的人民。"从此，我们知道杜甫这个出身于所谓"世代簪缨"之家的封建阶级的子弟并不是单纯凭着他的好心和天才来为人民歌唱的。他象一般富贵子弟一样，裘马遨游过了半生。直到困于长安十年，感受饥寒和屈辱，现实生活教育了他，他才睁开眼睛，看见了人民。人民的苦难才变成了他诗歌的源泉。因此，长安十年的生活对于杜甫的创作生活是一个关键。

冯至先生所作的这本传记，不但是把杜甫这个人物的一生下了科学的定论，并且经由对杜甫诗歌的研究，绘出了历史时代的血肉。当时社会的面貌，人民的苦难；当时的文武人物如房琯、严武等；当时各种规模的国内战争包括军阀战争，甚至当时的舞蹈，音乐，绘画都有生动的，有时是详细的叙述，这使我们能够看到新旧唐书所忽略了的许多东西。中国历史上最痛苦的时代之一就能够生动活泼象一幅图画似地展开在我们面前，成为人民的记录。作者的研究方法与写作方法不但是为传记写作开辟了新路，甚至对于中国史学界从人民的立场来研究和判断历史，都提供了值得参考的方法，打开了他们研究范围的疆界。就是在古代历史的钻研方面，人们也能够适用毛主席关于必须作调查研究的指示，广泛的从诗歌，小说，故事，笔记绘画等等当时人物所言所行的材料中去发现历史的脚迹。

杜甫所留下来的诗有一千三四百首，其主题范围非常之广，它触及到历史社会，军事政治，国家个人，人物艺术，山川草木，虫鱼鸟兽。他是中国诗人之中主题内容最丰富的一个。如冯先生所指出的，杜甫诗在内容上的特点，就是紧紧地围绕着社会政治生活的现实。除了冯先生所特别着重推荐的"三吏"、"三别"、《北征》等直接写人民生活的诗篇之外，就是他的一些抒写个人，借古人以况自己的诗篇如《谒先主庙》，如咏怀古迹中关于庾信的诗，也都是从忧国忧民，痛惜自己于时无补的感情出发，而远不是一种琐细卑微的自我陶醉。这种爱国家爱人民的热情贯穿他的一生，冯至所引证的他的许多诗篇证明了这一点。就是冯先生所不大赞成的《八哀诗》、《诸将》，甚至连从头至尾都是音乐，而且运用了许多象征性词藻的《秋兴》八首，也莫不充溢着现实的内容。只消一读《秋兴》第六首，就可以充分领会：

瞿塘峡口曲江头 万里风烟接素秋

花萼夹城通御气　芙蓉小苑入边愁

珠帘绣柱围黄鹄　锦缆牙樯起白鸥

回首可怜歌舞地　秦中自古帝王州

　　中国历史上也有一些诗人写过一些控诉和讽喻他们的时代的诗，但是直接讽刺皇帝象杜甫这一首诗以及这本传记中所引用过的其他几首诗所表现的，都是不多。他一贯地从爱国家爱人民出发的现实主义使他不能不看到国家和人民的灾难的主要负责者就是那些皇帝们。即使他从儒家教育得来的所谓忠厚爱君之道也不能使他对这些统治者不说话。

　　尽管杜甫的诗包罗万象，艺术迷人，《爱国诗人杜甫传》却抓紧了杜甫的主要精神，主要关键之所在，肯定诗人的爱国主义及其对人民的热爱。作者的这个论断对于诗人是充分恰当，对于我们分析和了解历史上的人物方面，是有很大的教育意义的。对于如何接受文学遗产，特别是旧中国知识分子的文学作品，这里有了一个初步的尝试。旧中国的知识分子作家，除了少数人而外，几几乎全是和封建统治阶级有血肉渊源，其思想内容大致不出儒道两家的范围，有的杂些佛教思想。他们或多或少都需要为统治王朝服务以求生活下去。这是他们属于剥削阶级阵营的一方面。但是另一方面，他们又不能不接触人民的痛苦，接触了就不能不发生思想和感情。同时，最重要的是他们自己也不能不受统治王朝的剥削和压迫。他们一面是剥削者，一面又是被剥削者。这种矛盾常常表现为他们的诗的两面性，一面是急于求进身做官的欲望，另一面是对现实的痛苦与不合理的深沉感触，有的发为控诉，多数则采取了逃避态度。杜甫也是有这样的两面性的。冯至在这本著作里正当地指出了杜甫的诗里所包涵的两面性，但同时根据诗中主要的，一贯的关心人民痛苦与国家灾难的一方面，肯定他是爱国家爱人民的伟大诗人。这是正确的。

　　本书的一点缺点，是对杜甫在中国诗的艺术史上的地位和作用，说得太少。这个爱国家爱人民的大诗人在中国诗的传统里面究竟占了怎样一个地位，起着怎样一种作用呢？他在我们的诗传统中继承了一些什么，发挥了一些什么呢？由于篇幅的限制，或是其他原因，可能作者是有意把它放下来了的。但是从研究和了解杜甫研究和了解中国诗史的需要来说，我们却不能不希望本书的作者和其他作者来弥补这个欠缺。

（载一九五一年八月二十六日《人民日报》）